우리고전 100선 09

깨끗한 매미처럼 향기로운 귤처럼 — 이덕무 선집

우리고전 100선 09

깨끗한 매미처럼 향기로운 귤처럼―이덕무 선집

2008년 1월 21일   초판 1쇄 발행
2018년 10월 30일   초판 6쇄 발행

편역	강국주
기획	박희병
펴낸이	한철희
펴낸곳	돌베개
책임편집	이경아 이혜승
편집	김희동 윤미향 김희진 서민경 이상술
디자인	박정은 박정영 이은정
디자인기획	민진기디자인
표지그림	전갑배(일러스트레이터, 서울시립대학교 시각디자인대학원 교수)

등록	1979년 8월 25일 제406-2003-000018호
주소	(10881) 경기도 파주시 회동길 77-20 (문발동)
전화	(031) 955-5020
팩스	(031) 955-5050
홈페이지	www.dolbegae.co.kr
전자우편	book@dolbegae.co.kr

ⓒ 강국주, 2008

ISBN 978-89-7199-299-9 04810
ISBN 978-89-7199-250-0 (세트)

우리고전 100선 09

깨끗한 매미처럼 향기로운 귤처럼

—

이덕무 선집

강국주 편역

돌베
개

간행사

지금 세계화의 파도가 높다. 현재 진행되고 있는 세계화는 비단 '자본'의 문제이기만 한 것이 아니라, '문화'와 '정신'의 문제이기도 하다. 그 점에서, 세계화에 어떻게 대응할 것인가 하는 것은 우리의 생존이 걸린 사활적(死活的) 문제인 것이다. 이 총서는 이런 위기의식에서 기획되었으니, 세계화에 대한 문화적 방면에서의 주체적 대응이랄 수 있다.

생태학적으로 생물다양성의 옹호가 정당한 것처럼, 문화다양성의 옹호 역시 정당한 것이며 존중되지 않으면 안 된다. 그럼에도 세계화의 추세 속에서 문화다양성은 점점 벼랑 끝으로 내몰리고 있는 것처럼 보인다. 하지만 문화적 다양성 없이 우리가 온전하고 행복한 삶을 살 수 있겠는가. 동아시아인, 그리고 한국인으로서의 문화적 정체성은 인권(人權), 즉 인간권리의 문제이기도 하기 때문이다. 그래서 우리 고전에 대한 새로운 조명과 관심의 확대가 절실히 요망된다.

우리 고전이란 무엇을 말함인가. 그것은 비단 문학만이 아니라, 역사와 철학, 예술과 사상을 두루 망라한다. 그러므로 일반적으로 알려져 있는 것보다 훨씬 광대하고, 포괄적이며, 문제적이다.

하지만, 고전이란 건 따분하고 재미없지 않은가? 이런 생각의 상당 부분은 편견일 수 있다. 그리고 이런 편견의 형성에는 고전을 연구하는 사람들에게 큰 책임이 있다. 시대적 요구에 귀 기울이지 않은 채 딱딱하고 난삽한 고전 텍스트를 재생산해 왔으니까. 이런 점을 자성하면서 이 총서는 다음의 두 가지 점에 특히 유의하고자한다. 하나는, 권위주의적이고 고지식한 고전의 이미지를 탈피하는 것. 둘은, 시대적 요구를 고려한다는 그럴듯한 명분을 내세워 상업주의에 영합한 값싼 엉터리 고전책을 만들지 않도록 하는 것. 요컨대, 세계 시민의 일원인 21세기 한국인이 부담감 없이 '쉽게' 접근할 수 있는, 그러면서도 품격과 아름다움과 깊이를 갖춘 우리 고전을 만드는 게 이 총서가 추구하는 기본 방향이다. 이를 위해 이 총서는, 내용적으로든 형식적으로든, 기존의 어떤 책들과도 구별되는 여러 가지 모색을 시도하고 있다. 그리하여 고등학생 이상이면 읽고 이해할 수 있도록 번역에 각별히 신경을 쓰고, 작품에 간단한 해설을 붙이기도 하는 등, 독자의 이해를 돕고자 하였다.

특히 이 총서는 좋은 선집(選集)을 만드는 데 큰 힘을 쏟고자한다. 고전의 현대화는 결국 빼어난 선집을 엮는 일이 관건이자 종착점이기 때문이다. 이 총서는 지난 20세기에 마련된 한국 고전의 레퍼토리를 답습하지 않고, 21세기적 전망에서 한국의 고전을 새롭게 재구축하는 작업을 시도할 것이다. 실로 많은 난관이 예상된다. 하지만 최선을 다해 앞으로 나아가고자 한다. 그리하여 비록좀 느리더라도 최소한의 품격과 질적 수준을 '끝까지' 유지하고자한다. 편달과 성원을 기대한다.

박희병

청장관 이덕무(靑莊館 李德懋, 1741~1793)는 조선 후기 실학자의 한 분으로 서얼 지식인을 대표하는 인물이다. 당시 조선은 실학의 기운이 무르익었던바 이덕무 역시 이 새로운 흐름에 적극적으로 가담하였다. 그는 새로운 문물과 지식을 받아들이되 그것을 무비판적으로 추수(追隨)하기보다는 새로운 문물과 지식을 주체적으로 자기화하기 위해 노력했던 지식인이었다. 특히 그는 당대의 '지식인 공동체'라 할 만한 '연암 그룹'의 핵심 인물로, 뜻을 같이하는 동인(同人)들과 함께 시문(詩文)을 읽고 생각을 공유함으로써 풍부하고 깊이 있는 사유를 다듬어 갈 수 있었다.

이덕무를 한마디로 말하면 '책 읽는 선비'라고 할 수 있다. 그는 선비는 바로 책 읽는 사람, 곧 '독서인'(讀書人)이라고 생각했다. 그래서 누구보다 성실하고 정밀하게 책을 읽었고, 그의 지인(知人)들은 이런 그를 '책밖에 모르는 바보'라고 부르곤 했다. 포부가 남다르고 재주가 뛰어났지만 서얼이었던 그는 그것을 실현할 기회를 갖지 못했다. 그런 이덕무에게는 독서인으로서의 삶이야말로 가장 중요한 것이었는지 모른다.

이덕무의 글을 찬찬히 읽다 보면, 산업화 이래 오랫동안 잊히거나 왜곡된, 자연에 대한 감수성과 진정한 삶의 가치가 어떤 것이며 무엇인지 되묻게 되는 경우가 많다. 가난에 대한 생각도 그 중 하나이다. 우리 시대는 가난에 대한 두려움과 혐오로 가득 찬 시대라 할 만하다. 가난은 구질구질하고 고통스러운 것, 반드시 극복해야만 하는 상태로 여겨진다. 그러나 평생 가난과 더불어 살았던 이덕무에게 가난은 결코 고통만은 아니었다. 그의 작품에 일관되게 나타나는 이웃 간의 사랑과 보살핌의 정, 자연과의 정서적 합일, 벗들과 나누는 우정과 환대는 가난 속에서, 아니 어쩌면 가난 때문에 더욱 빛이 난다. 분수에 맞는 가난을 감수하는 삶, 곧 가난과 더불어 사는 삶이야말로 타자와 공존할 수 있는 '공생(共生)의 삶'이며 인간적 품위를 지킬 수 있는 삶임을, 이덕무는 자연스레 체득하고 있었던 것이다.

이덕무의 작품은 양이 꽤 많은데, 이것이 『청장관전서』(靑莊館全書)라는 책으로 묶여 지금 전해지고 있다. 역자는 그 가운데 그의 삶과 문학을 집약적으로 드러낼 수 있는 시와 산문을 선별해 소개하고자 했다. '더불어 사는 삶'보다는 남들이야 어찌 되든 나만 잘되면 된다는 경쟁 위주의 '일등주의'를 강요하는 오늘날의 참담한 현실 앞에서, 너와 나를 차별하는 마음을 잊고 함께 평화로워질 것을 주문하는 이덕무의 글이 과연 공감을 불러일으킬 수 있을까. 이런 의문에도 불구하고 참된 가치는 어느 시대에나 인간의 마음을 깊이 울려 우리로 하여금 올바른 길로 나아가게 할 것이라는 소박하지만 오래된 믿음을 가져 본다. 이 책이 오랫동안 잊혀 온 '참된 가치'와 '참된 행복'을 되묻는 계기가 되었으면 싶다.

2008년 1월

강국주

차례

004   간행사
006   책머리에

205   해설
224   이덕무 연보
227   작품 원제
232   찾아보기

나는 어리석은 사람

021 나를 조롱하다

022 남들의 비방

023 앓은 뒤의 내 모습

024 술에 취해 1

025 술에 취해 2

026 여름날 병중에

028 벌레인가 기와인가 나는

030 여름날 한가히

031 나무의 마음처럼

032 가난과 독서

033 가을 새벽에 잠 못 들고

034 계산에서 밤에 이야기하다가

035 경갑에 쓰다

036 이문원에서 붓 가는 대로

고요한 산중에 벗과 함께

039 빗속에 찾아온 손

040 시냇가의 집 1

041 시냇가의 집 2

042 말 위에서

043 밤나무 아래에서

044 벗과 함께

045 이웃 사람에게

046 서쪽 정원

047 시골 친구의 집

048 호남에 놀러 가는 벗에게

049 연암이 그린 그림에

050 부채 그림에

051 퉁소 소리

052 우문을 추모하며

054 달밤에 아우를 마주하여

056 하목정 홍 선생

詩

詩

풍경 앞에서

059 학의 노래

060 고추잠자리

061 구월산 동선령에서

062 비 온 뒤의 못

063 맑은 못

065 소에게

066 국화 향

067 아이들 노는 봄날에

068 산사의 밤

069 산속 집

070 초겨울

071 삽짝에서

072 시냇가 집에서

073 남산에서

075 봄, 여름, 가을, 겨울

詩

가을밤

081 가을 경치 앞에서

082 가을밤 1

083 가을밤 2

084 가을 누각에서

085 시골집

086 비 온 뒤에

087 병중에 읊다

088 가을비에 객이 와서

089 늦가을

文

아이의 마음으로 사물을 보면

093 어린아이 혹은 처녀처럼

102 산 글과 죽은 글

103 박제가 시집에 써 준 글

107 나만이 아는 시

111 비루하지도 오만하지도 않게

114 고(古)라고 해야 할지 금(今)이라고 해야 할지

文

책 읽는 선비의 말

117 책밖에 모르는 바보

119 나란 사람은

121 참된 대장부

122 한가함에 대하여

124 오활함에 대하여

125 사봉에 올라 서해를 바라보고

129 복사나무 아래에서 한 생각

文

가난 속에 한평생

133 백동수라는 사람

136 친구 서사화를 애도하는 글

140 누이의 죽음을 슬퍼하는 글

152 벗을 슬퍼하는 제문

156 먹을 게 없어 책을 팔았구려

가장 큰 즐거움

161 나 자신을 친구로 삼아

162 가장 큰 즐거움

163 지기를 얻는다면

164 나의 친구

165 일 없는 날에는

166 가난한 형제의 독서 일기

168 어리석은 덕무야!

169 가난

170 한사(寒士)의 겨울나기

172 빈궁한 귀신과 바보 귀신

173 책만은 버릴 수 없어

175 슬픔과 독서

176 나의 일생

177 내 가슴속에는

178 책을 읽어 좋은 점 네 가지

180 번뇌가 닥쳐오거든

181 구름과 물고기를 보거든

산의 마음, 물의 마음, 하늘의 마음

185 봄 시내

186 가장 먹음직스러운 것

187 봄날, 이 한 장의 그림

188 말똥과 여의주

189 무심(無心)의 경지

190 물과 산을 닮은 사람

191 시와 그림

192 세속에 초연한 풍경

193 세상의 평화란

194 싸움은 어디서 오는 걸까

195 망령된 생각

196 참으로 통쾌한 일

197 어제와 오늘과 내일, 바로 이 3일!

198 망령된 사람과 논쟁하느니

199 참된 정(情)과 거짓된 정

200 저마다 신묘한 이치가

201 교활한 사람을 경계해야 하는 까닭

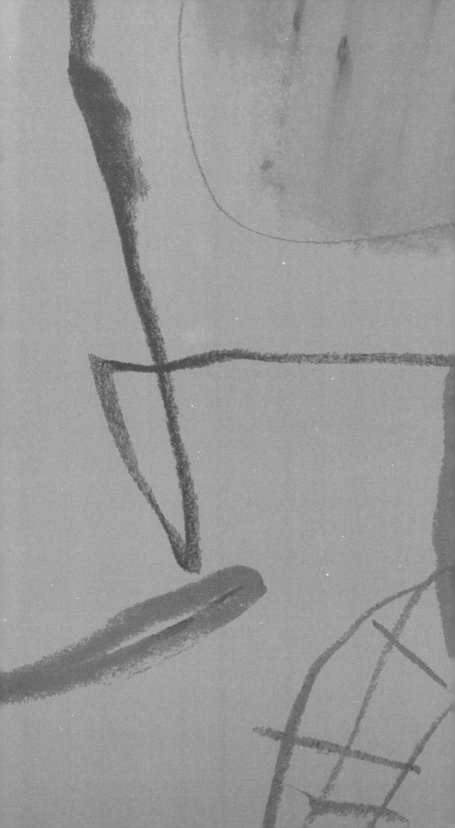

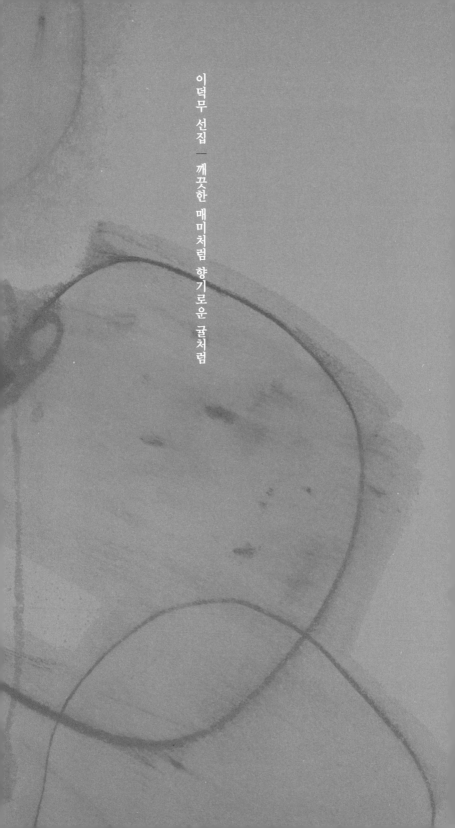

이덕무 선집 ― 깨끗한 매미처럼 향기로운 귤처럼

나는 어리석은 사람

詩

나를 조롱하다

예스런 생김새에 마음 맑은 이형암(李炯菴)
포부는 몹시 어리석다네.
담박하게 고요히 앉아 있느라
콩과 팥도 구분 못하네.

—

貌古心淸李炯菴, 評榘自抱太憨憨. 方其澹泊無爲坐, 不辨梅酸與蔗甘.

시인 자신에 대해 노래한 시이다. 이 시처럼 이덕무는 영리하고 꾀바르게 행동하는 것
과는 영 거리가 먼 사람이었다. 이덕무는 '나를 조롱하다'라는 제목의 이 시에서 자신
의 이러한 면모를 적극적으로 드러내고 있다. 첫 행의 '형암'은 이덕무의 호(號)이다.

남들의 비방

큰 재주는 노력해도 얻을 수 없는 법
철저히 참됨이나 닦아 보련다.
깨끗한 내 이름 예나 지금이나 똑같건마는
이런 날 헐뜯는 자 그 누구인가.
혼탁한 인심 불러일으키며
담박한 정신을 어지럽히네.
풍문이 두 귀에 들릴지라도
저 높은 하늘을 믿어 볼밖에.

—

大黠知難强, 寧修徹底眞. 淨名吾古我, 赤口彼何人. 好惹澆澆習, 要煩澹泊神.
風痕從兩耳, 去去信高旻.

.

이덕무는 서얼 신분이었지만 문학적 재주가 뛰어난 인물이었다. 그 때문에 당시 그를
헐뜯는 사람도 없지 않았다. 이 시는 이에 대한 자신의 소회(所懷)를 밝히고 있다.

앓은 뒤의 내 모습

앓은 뒤에 세숫대에 물을 받아서
낯 씻으니 광대뼈 더욱 높아라.
비췻빛은 저리도 곱건만
파초는 참 연약하고나.
몸을 안 돌보니 어찌 편안하겠으며
마음 쓰니 모든 일이 수고로워라.
그래도 자랑할 건 형형한 두 눈빛
책 읽을 땐 환히 빛이 나누나.

—

病餘槃水涴, 瘦頰洗知高. 翡翠光何艶, 芭蕉體不牢. 置身誰坦坦, 役志舉勞勞.
敢詫雙眸炯, 於書勝佛毫.

병을 앓고 나서 자신을 응시한 시이다. 이덕무는 몸이 약한 사람으로 잔병치레도 많았
다. 하지만 책 읽는 일만큼은 게을리 하지 않았던바, 이덕무의 그런 모습이 시 속에 오
롯이 담겨 있다.

술에 취해 1

내 마음 깨끗한 매미, 향기로운 귤 같으니
나머지 번다한 일 나는 이미 잊었노라.
불로 허공 살라 본들 결국 절로 꺼질 테고
칼로 물을 벤다 한들 아무 흔적 없으리니.
'어리석음' 한 글자를 어찌 면하겠냐마는
온갖 서적 두루 읽어 입에 올리네.
넓디넓은 천지간 초가에 살며
맑은 소리 고아하게 밤낮 연주하네.

———

潔蟬馨橘素心存, 餘外紛囂我已諼. 擧火焚空終自息, 持刀割水復何痕. 癡之
一字烏能免, 博矢群書雅所言. 磊落乾坤茅屋者, 商聲高奏永晨昏.

———

젊은 시절 이덕무의 인생관을 잘 보여 주는 시이다. 첫 행은 이덕무 스스로 '선귤'(蟬
橘: 깨끗한 매미와 향기로운 귤)이라 자호(自號)했기에 한 말이다.

술에 취해 2

올해도 하마 반이나 지나
한탄하지만 어찌할거나.
그 옛날 좋은 풍속 이제 보기 어려우니
우리네 인생살이 알 만도 하지.
세상인심 돌아보니 남의 흠만 들춰내고
사람들 마음에는 시기심만 가득하네.
아내가 외려 좋은 벗이니
외상술이나마 실컷 마셔야겠네.

今年已過半, 歎歎欲何爲? 古俗其難見, 吾生酒可知. 物情饒伺察, 心事浪猜
疑. 內子還佳友, 賒醪快灌之.

세상인심은 남의 흠만 들추고 사람들 마음엔 시기심만 가득하다고 했다. 세상에 대한
마뜩지 않은 시인의 마음을 술에 부쳐 노래한 시이다.

여름날 병중에

1

병이 든 게 가난 때문인 듯하니
내 한 몸 돌보는 일 어찌 그리 소홀했나.
개미 둑에는 흰 쌀알 풍족하고
달팽이 다니는 벽에는 은 글씨가 빛나네.
약은 벗들에게 구걸을 하고
죽은 아내가 끓여 주누나.
이러고도 책 읽기만 좋아하나니
습관을 버리기 쉽지 않아라.

—

病或因貧得, 謀身奈太疏. 蟻階豐素粒, 蝸壁耀銀書. 藥向門生乞, 粥從內子茹.
猶能耽卷帙, 結習故難除.

2

권모와 술수를 내 어찌 익히리
선비의 예의도 부족하거늘.
곱고 멋진 이야기를 듣느니보다
거칠고 굵은 글을 읽고 싶어라.
기상이 높으니 연잎으로 옷을 짓고
뱃속이 깨끗하니 국화꽃도 먹음직해.
뜨락의 풀에서 생명을 느끼고
아이에게 뽑지 말라 당부하누나.

—

機關吾豈習, 節目士當疏. 與聽濃纖話, 寧觀碨礌書. 骨高荷稱製, 腸潔菊堪茹.
庭草看生意, 不令稚子除.

이덕무는 한평생 가난과 병을 떠안고 살았다. 하지만 언제나 선비의 모습을 잃지 않으
려 노력했다. 이 시에는 특히 이 점이 잘 드러나 있다. 첫 수의 '은 글씨'는 건강의 비결
을 적은 도교의 책이 은 글씨로 씌어졌기에 한 말이다.

벌레인가 기와인가 나는

벌레인가 기와인가 나란 존재는
기술이나 재주라곤 도무지 없네.
뱃속에 커다란 기운이 가득
그것 하나 남들과 크게 다르지.
백이(伯夷)를 탐욕스럽다고 말하는 자 보면
이를 갈며 몹시 분노하노라.
굴원(屈原)을 간사하다 이르는 자 보면
눈을 치켜뜨며 성을 내노라.
내게 입이 백 개나 있다고 한들
들어줄 이 없으니 무엇 하겠나.
하늘에 말해 본들 눈을 감았고
땅이라 굽어봐도 본 체를 않네.
산에 오르려 하니 산 역시 어리석고
물에 가 볼까 하니 물 또한 어리석어
혼자 끌끌 혀를 차고 한탄을 하고
홀로 허허 탄식하며 한숨 내쉬네.
얼굴에는 주름이 가득하고

속은 다 타들어 가네.
백이가 탐욕스럽고 굴원이 간사하다 설사 말해도
내가 상관할 바 뭐 있으리.
술이나 마시고 진창 취해선
글을 읽다 쓰러져 잠이나 잘 뿐.
아아, 잠들어 깨지 않아서
저 벌레나 기와로 돌아갔으면.

—

蟲也瓦也吾, 苦無才與技. 腹有氣烘烘, 大與人殊異. 人謂伯夷貪, 吾怒切吾齒.

人謂靈均詐, 吾嗔裂吾眥. 假吾有百喙, 奈人無一耳. 仰語天天睠, 俯視地地眵.

欲登山山默, 欲臨水水癡. 咄嗚呼嗚呼, 咦噓唏噓唏. 顴頰顙皺皺, 肝肺脾熬煎.

夷與均貪詐, 於汝何干焉. 姑飲酒謀醉, 因看書引眠. 于于而無訛, 還他蟲瓦然.

세상에 대한 답답한 마음이 여실히 드러나 있다. 이덕무는 큰 포부를 지닌 인물이지만
자신의 뜻을 펼칠 수 없었다. 그가 서얼이라는 이유도 있었겠지만 세상이 자신의 뜻을
알아주지 못하는 데 근본적 이유가 있었을 터이다. 시인은 자신의 이런 처지를 '벌레'
나 '기와'에 빗대어 답답한 마음을 토로하고 있다.

여름날 한가히

앓은 뒤 일어나니 시원한 대자리도 꺼려지는데
향 피우고 앉았으니 청명한 날씨가 외려 기쁘네.
어리석은 사람이야 돈밖에 무얼 알랴
선비는 한평생 책이나 볼 뿐.
외론 꽃에 볕이 깨끗하니 나비가 졸고
먼 나무에 바람 자니 매미 소리 들리네.
붉은 술을 서글피 사 갖고 와서는
커다란 근심을 씻어 보누나.

—

病起頗嫌笋簟清, 焚香燕坐喜初晴. 癡人錢外知何事? 名士書間寄一生. 日淨
孤花濃蝶睡, 風沈遠樹泛蟬聲. 紅於騋騋憐沽酒, 湏洞憂端快掃平.

앓은 뒤 일어나 울적하고 지친 마음을 위로하고 있다. 시인의 울적함은 병 때문이기도
하지만 자신의 재주를 써 볼 길 없는 현실 탓이기도 하다.

나무의 마음처럼

고관대작 이름을 나는 모르네
내 아는 건 오로지 책 읽는 일뿐.
뜨락의 저 나무 내 마음 같아
맑은 바람 맞으며 우뚝 섰어라.

—

不識公卿名, 頗知圖書趣. 庭木如我心, 翼然淸風聚.

세상의 이욕(利慾)에 개의치 않고 선비의 올곧은 마음을 지켜 가겠다는 다짐을 뜰에 우뚝 선 나무에 부쳐 노래하고 있다.

가난과 독서

여종은 양식 없다 종알대건만
고요한 방에 앉아 글 읽는 일 쉬지 않누나.
온몸에 술을 저장할 수 있어도
어찌 차마 잠시라도 책 안 볼 수 있나.
창에는 거미줄이 드리웠고
옷에는 좀벌레가 달아나네.
한가하니 쾌활함을 더욱 깨달아
조그만 매화 정원 손수 김매네.

—

恬聽廚婢詈無糧, 不廢吾吟靜室居. 通體可堪長貯酒, 雙眸未忍暫抛書. 囟楞
甚點緣絲蠨, 衣摺工逋脫粉魚. 益悟寬閒元快活, 梅花十畝手當鋤.

이덕무는 평생 가난과 병에 시달리면서도 책 읽는 일만은 손에서 놓지 않았다. 이 시에
는 특히 이 점이 잘 드러나 있다.

가을 새벽에 잠 못 들고

어리석고 오활한 이 몸
남을 따라 억지로 노님 부끄럽구나.
아무 재미없어 세상 추이에 염증이 나고
후세에 이름 전하고자 하나 그러기 어렵네.
좋은 벗을 만나면 온 마음 다 주고
명현(名賢)을 상상해 눈앞에 그리네.
푸르른 저 하늘에 나를 맡기니
마음에 안 맞아도 순연히 따라가리.

———

祇把迂迂補半癡, 隨人恥做强淋漓. 太無滋味推移厭, 差欲流芳樹立遲. 佳友
倘逢輪肺腑, 名賢劇想現須眉. 靑天管領吾行止, 事到違心順遣之.

살아가기 위해서는 원칙과 이상을 누그러뜨려야 할 때도 있다. 이덕무는 스스로 오활하
고 어리석은 사람이라 말하고 있지만, 그 역시 현실의 삶을 완전히 도외시할 수는 없었
을 것이다. '가을 새벽에 잠 못 들고'라는 제목에는 시인의 착잡한 심정이 드러나 있다.

계산에서 밤에 이야기하다가

평생 기꺼이 신천옹(信天翁)이 되었으니
비가 오든 바람이 불든 관계치 않았네.
한 푼 남은 객기(客氣) 그래도 씻지 못해
때로는 나 스스로 술꾼이 되어 보네.

—

百年甘作信天翁, 飮啄無關雨與風. 客氣一分消未得, 有時來往酒人中.

———

신천옹이라는 새처럼 욕심 없이 살아가려 하지만, 가슴 한구석에 똬리 튼 객기는 쉬 사라지지 않는다고 했다. 첫 행의 '신천옹'이란, 눈앞의 고기만 필요한 만큼 먹고 사는 욕심 없는 새라고 해서 붙여진 이름이다. 이덕무의 호인 '청장'(靑莊)은 신천옹의 별칭이다. 제목의 '계산'(桂山)은 지금의 인천시 계양구 계산동 일대를 말한다.

경갑에 쓰다

물결 없는 가을 강처럼 맑기도 하지
경갑(鏡匣) 안엔 별천지가 감춰져 있네.
허허롭고 깨끗함 완상하고 말 뿐이랴
내 마음도 이를 닮아 흐려지지 않았으면.

———

淨似秋江斂水痕, 匣中藏得別乾坤. 涵虛淸潔非徒翫, 但慕吾心不自昏.

흐린 세상을 비추며 티 없는 마음을 갖고자 하는 시인의 다짐이 새롭다. 이런 다짐을 가을 강처럼 맑은 경갑에 담아 놓았다.

이문원에서 붓 가는 대로

마흔 살 내 생애 참으로 우습구나
해마다 술에 취해 지는 꽃에 누웠더라.
태평성대엔 버려진 사람 없음을 알았으니
이제부터 남은 생애 벼슬길에 맡겨 보리.

—

吾生四十笑吾涯, 被酒年年臥落花. 始識明時無棄物, 從今日月屬官家.

제목의 '이문원'(摛文院)은 규장각 내각(內閣)의 별칭이다. 서른아홉 살 때 이덕무는
정조의 특명으로 규장각 검서관에 발탁된다. 생애 처음으로 벼슬살이를 하게 된 것이
다. 오랜 고생 끝에 마침내 벼슬하게 된 이덕무의 기쁨이 느껴지는 시이다.

고요한 산중에 벗과 함께

빗속에 찾아온 손

바위에서 폭포물 떨어지는데
사립문 고요히 닫혀 있어라.
마을 연기 까마귀 곁에 일어나고
도랑물은 버들 사이로 졸졸 흐르네.
꿈을 깨자 맑은 강 아득하고
시를 짓자 소낙비 뿌리네.
때마침 그윽한 손이 찾아와
고상한 이야기하며 속세를 벗어나네.

—

巖瀑翻翻灑, 柴門靜不開. 里煙鴉際起, 溝水柳中來. 夢罷淸江遠, 詩成白雨催.

儵然幽客至, 高語逈離埃.

비가 오는 가운데 반가운 손님이 찾아와 맑은 이야기를 나눈다. 즐거운 우중(雨中) 풍경이다.

시냇가의 집 1

시냇가의 집 한가함이 많아
향로(香爐)에선 가는 연기 피어나누나.
골짝의 꽃은 새벽 비에 아련하고
산의 바위에선 봄물이 떨어지네.
새소리 듣다가 잠들고
손님과 함께 시를 짓네.
내일 성에 놀러 가자 약속했더니
기다려지는 마음이 되네.

—

溪宅饒閒事, 爐香放細煙. 洞花迷曉雨, 山石滴春泉. 睡或從禽喚, 詩唯共客聯.
城遊明日約, 襟抱一悠然.

향로 연기, 샘 소리, 꽃향기 속에서 새소리를 듣다가 잠이 들곤 한다. 이 모든 게 번화한
도시에서는 누릴 수 없는 즐거움이다.

시냇가의 집 2

시냇가에 비스듬히 삽짝 닫은 집
뜰에 가득 새벽이슬 내리고 밤나무 꽃 드문드문.
객이 와서 내 마음 어떠한지 묻거들랑
웃으며 가리키네 동편 숲의 저 구름을.

澗水之濱斜掩扉, 滿庭晨露栗花稀. 客來問我無心否, 笑指東林雲自飛.

시냇가의 작은 집에서, 자연이 주는 소박하지만 넉넉한 행복을 누리는 시인의 마음이
그려져 있다.

말 위에서

지친 말 위에서 잠시 꿈속 들었던가
어느새 나의 옛 초가집에 돌아왔네.
잠시나마 옛 친구들 만났었는데
잠 깨니 푸른 산만 어슴푸레하네.

—

倦馬搖殘夢, 還吾舊草亭. 霎時諸友面, 醒後片山靑.

말 위에서 설핏 졸았던가, 꿈속에서 그리운 벗을 만났다. 하지만 깨어 보니 눈앞엔 푸른
산만 보일 뿐이다. 옛집과 옛 친구들을 절묘한 시정(詩情)으로 묘사했다.

밤나무 아래에서

가을 샘 무릎 밑에 울며 흐르는
산속에 발을 뻗고 앉았더란다.
낮에 마신 술기운 저녁에 올라
화끈화끈 귀가 달아 단풍 같아라.

—

秋泉鳴歷膝, 趺坐亂山中. 午飮晡來湧, 烘烘耳似楓.

유득공(柳得恭, 1749~1807)·박제가(朴齊家, 1750~1805) 등과 함께 서상수(徐常修, 1735~1793)의 집에 놀러 가던 길에 지은 시이다. 모두 서얼이었던 이들은 뜻이 통하는 평생의 벗이었다. 낮에 마신 술이 시인의 얼굴을 단풍처럼 물들였다는 비유가 참신하다.

벗과 함께

불암산 서편에 놀이 지는데
술잔 속에 푸른 산이 거꾸로 떴네.
오늘밤 벗들이 드문 모임 가졌으니
날 새기 전 돌아갈 일 섭섭도 해라.
노랫소리 퉁소 소리 한데 섞여 운치 있고
못 속에 잠긴 달빛 밝디밝은 광채로다.
이웃집 부엌에서 산야채를 빌려다가
나물과 밤을 담아 사립문에 들여놓네.

—

佛菴西畔餞餘暉, 白酒杯寬倒翠微. 有友稀逢今夜會, 未朝先恨各家歸. 歌簫
雙迸泓渟韻, 淵月中涵激射輝. 借設隣廚山野饌, 盤蔬筐栗出松扉.

아무리 가난하고 고달픈 현실 속에서도 마음 맞는 벗들과 함께할 때만큼은 더 이상 부
러운 게 없는 법이다. 제2행의 "술잔 속에 푸른 산이 거꾸로 떴네"라는 구절은 뛰어난
시구다.

이웃 사람에게

저물녘 빈집에서 우연히 만났더니
외로운 등불만이 마음 서로 비춰 주네.
그윽한 정취라 보는 것도 담담하고
날씨 서늘해 앉은 자태 그윽하네.
술 취한 눈에 별빛은 드물고
벌레 소리 찌르르르 시흥(詩興) 돋우네.
기쁘다 이런 벗과 한 마을에 사니
매일 밤 그대가 기다려지네.

—

邂逅虛堂夕, 孤燈耿照心. 極幽看澹澹, 稍冷坐深深. 星次稀醒眼, 蟲叢爛助吟.
欣吾同閈住, 期子每宵臨.

이 시의 배경은 가을날 저녁 무렵일 것이다. 마지막 두 행에서 벗을 생각하는 마음이 깊
다는 것을 알 수 있다. 제5·6행에 보이는 '별빛'과 '벌레 소리'는 정취가 있다.

서쪽 정원

옛 마을에 찬 기운 조금 일더니
밤비가 봄 산을 적셔 주누나.
꾸벅꾸벅 졸다 보니 새가 바뀌고
오래도록 앉았더니 꽃송이 늘어났네.
지는 해 마주한 채 술자리 열었는데
다음해 이 모임엔 몇 명이나 다시 올지.
맑은 달을 가리키며 서로 약속하였으니
대사립문 닫아걸고 저버리진 않을 테지.

輕寒生古巷, 夜雨洗春山. 鳥換眠慵際, 花添坐久間. 斜陽尊酒在, 明歲幾人還.
留約携淸月, 能無掩竹關.

'밤비'와 '봄 산'과 '맑은 달'의 이미지가 모임의 정취를 더욱 깊게 만들어 준다. 제3·4
행은 시간이 흘렀음을 표현한 구절이며, '대사립문'은 대나무로 만든 사립문을 말한다.

시골 친구의 집

농사 이치 밝은 자네 부럽고 부러우이
막대 하나 짚고서는 날마다 동산을 거니네.
들에선 아이놈이 누운 채로 새를 쫓고
시내에선 늙은이가 고기를 쫓아 소리치네.
담장 옆 익은 밤은 붉은 껍질 벌어지고
채소밭 순무는 밑동 붉게 물들었네.
모이를 뿌리면서 쭈쭈 소리치며
병아리를 부르는군 서리 내린 아침녘에.

羨子明農志, 孤筇日涉園. 野童驅雀臥, 溪叟趁魚喧. 牆栗跳紅殼, 畦菁抱紫根.
朱朱擲紅粒, 霜旭招鷄孫.

1776년 가을 박제가 · 이광석(李光錫)과 함께 시골 친구의 집에서 읊은 시이다. 시골의
정경이 그려져 있다.

47

호남에 놀러 가는 벗에게

채찍 들고 모자 쓴 채 기러기를 동무 삼아
단풍나무 숲을 헤쳐 필마로 떠나가네.
가을빛 모으니 한 짐이거늘
저 멀리 수정봉엔 달빛이 영롱.

—

鞭絲帽影伴歸鴻, 匹馬行穿萬樹紅. 收拾秋光成一擔, 水晶峯逈月瓏瓏.

우부(愚夫) 유언호(兪彦鎬, 1730~1796)에게 준 시이다. '기러기'·'단풍나무 숲'·'가
을빛'·'수정봉'·'달빛' 등의 다양한 시어가 길 떠나는 벗의 이미지와 꼭 맞아 시적(詩
的) 울림이 깊어졌다. 제3행은 가을 기운이 사방에 가득하다는 것을 표현한 말이다.

연암이 그린 그림에

인기척 하나 없고 물총새 소리만 들리는데
한낮에도 흐릿하니 버들개지 날리누나.
떨어진 복사꽃잎 먹느라고 모든 고기 깨었는데
볕에 내놓은 고기 그물 연기처럼 살랑살랑.

—

了無人響翠泠然, 永晝矇矓柳絮顚. 唼呷桃花魚盡悟, 漁罾閒曬漾如煙.

연암 박지원(燕巖 朴趾源, 1737~1805)의 〈그물 말리는 어촌 풍경〉(원제는 '漁村曬網圖')이라는 그림을 보고 지은 시이다. 박지원은 글만 잘 지은 게 아니라 그림도 곧잘 그렸다고 한다. 연암의 이 그림은 현재 전하지 않지만, 이 시를 통해 연암의 그림을 상상해 볼 수 있다.

부채 그림에

맑은 가을 흰 탑이 쑥 솟아 있고
지는 해 위태롭게 붉은 난간에 걸려 있네.
우수수 나뭇잎이 온 강물에 날리는데
그윽한 손과 물소리에 다시 만날 기약하네.

白塔淸秋直, 紅欄落日危. 滿江飛木葉, 幽客水聲期.

부채에 그려진 그림을 보고 지은 시이다. 저물녘 강변의 가을 풍경을 묘사했다. 제1·2
행의 시각적 이미지가 선명하다.

퉁소 소리

맑고 푸른 기운 먼 하늘을 둘렀는데
매미 소리 문득 이니 퉁소와 어울리네.
어르신의 수염 참 예스럽거늘
그윽한 집의 저녁 서늘함 좋기도 하네.

—

澹翠遙空遍, 蟬吟倏叶簫. 丈人須髮古, 幽院晚涼饒.

제3행의 '어르신'은 박지원·이덕무 등 연암 그룹 선비들에게 존중받던 효효재 김용겸 (嘐嘐齋 金用謙, 1702~1789)을 말한다. 이 시는 소완정(素玩亭: 이서구李書九의 정자 이름)에서 서상수의 퉁소 소리를 듣고 지은 김용겸의 시에 답한 것이다. 이 시를 통해 김용겸의 고아(古雅)한 모습을 그려 볼 수 있다.

우문을 추모하며

1

황매(黃梅) 고운 시절에도 돌아오지 못하니
꽃다운 영혼 원통하여 눈물을 뿌리네.
아름다운 산과 강을 끝내 잊지 못할 테니
저승에서 시 한 편 지어 보게.

—

梅黃時節未歸來, 才鬼煩冤楚些哀. 好水佳山依戀地, 也應冥漠一篇裁.

2

늦은 봄 지나서부터 소식 아득하더만
연꽃 막 필 때 시인(詩人)을 장사 지냈네.
금호(衿湖)는 맑고 관악(冠岳)은 푸른데
흰 갈매기 떼를 지어 그대를 조문하네.

信息蒼茫自暮春, 荷花初發葬詩人. 衿湖綠淨冠岑碧, 白鳥千群作吊賓.

달밤에 아우를 마주하여

조각달이 고아한 선비 엿보며
작은 창에 환한 빛을 비추네.
예스런 두건을 단정히 쓰고
새로 입은 겹옷은 서늘하여라.
섬돌에 서리꽃 눈이 부신데
티끌 하나 보이지 않네.
뭇 짐승들 저마다 둥지에 들고
고요한 생각 오롯하고 은미하여라.
맑은 얼굴의 어린 아우가
나를 보며 영기(靈機)를 물어보길래
마음을 원만하게 할 수 있다면
옛사람처럼 될 수 있다 말해 주었네.
문득 다시 충고의 말을 하려니
밤하늘에 기러기 울며 가는군.

—

片月窺高士, 小窓揚素輝. 端正古幅巾, 凄薄新袷衣. 石墖燦霜華, 浮埃不相依.

群物各歸宿, 靜想一而微. 小弟色秀澹, 凝看問靈機. 答云心境圓, 先民如可希.
忽復發警省, 冥鴻一聲歸.

제목의 '아우'는 이덕무의 외사촌 동생 치천 박상홍(穉川 朴相洪)을 말한다. '영기'는
맑고 신령한 마음을 말하는데, 여기서는 도(道)를 깨칠 수 있는 마음 자세를 뜻하는 말
로 썼다. 고즈넉한 달밤에 나누는 두 사람의 대화에서 단아한 선비의 기운을 느낄 수
있다.

하목정 홍 선생

하목정(霞鶩亭) 가에는 가을 낙엽이 날고
서풍(西風)에 나그네는 연잎 옷을 여미네.
선생은 나를 보곤 기쁘게 맞으면서
숲 속의 대추와 밤 손수 털어 내오시네.

霞鶩亭邊黃葉飛, 西風客子攬荷衣. 先生見我欣然待, 手打林中棗栗歸.

반가운 손을 위해 직접 대추와 밤을 따 온다는 마지막 구절이 참 정겹다. 제2행의 '연
잎 옷'은 은자(隱者)의 비유인데 이덕무 자신을 일컫는 말이다. '하목정'은 서울 마포에
있던 정자로, 이덕무가 평소 존경했던 홍우열(洪禹烈)의 정자였던 듯하다.

풍경 앞에서

학의 노래

나는 당시(唐詩) 읊고 학은 서리 노래하네
은하수 달 가에 뻗친 이 밤에.
학이 뭐 알겠냐만 내 굳이 답을 하니
제각기 노래로써 아름다운 밤에 보답하네.

—

儂詠唐詩鶴唳霜, 是時河漢月邊長. 鶴非有識儂還答, 各以其鳴卜夜良.

시인의 노래와 학의 노래가 달빛 아래 어울려 묘한 조화를 이루고 있다.

고추잠자리

담장의 가는 무늬 같기도 하고 항아리 금이 간 듯도 하고
개(个) 자 모양의 푸른 댓잎 같기도 하지.
우물가 가을볕에 그림자 어른어른
가는 허리 하늘하늘 고추잠자리.

—

墻紋細肖哥窯坼, 簟葉紛披个字靑. 井畔秋陽生影纈, 紅腰婀娜瘦蜻蜓.

가을 한때 고추잠자리가 날아다니는 모습을, 마치 크로키를 하듯 단숨에 그려 보인 시이다. 특히 제1·2행의 감각적이고 참신한 묘사가 눈길을 끈다.

구월산 동선령에서

숲 깊으니 어느 골에 꾀꼬리가 앉았는지
그 모습 보이지 않고 그 소리만 들리네.
한낮이라 옷과 안장 온통 푸른 그림자인데
흰 분 같은 앵두꽃이 나를 향해 밝게 웃네.

—

樹深何處坐黃鸝? 不露其身只送聲. 日午衣鞍都綠影, 櫻花如粉向人明.

자연물에 대한 인상적인 비유를 통해 자연과 호흡하는 시인의 모습을 그려내고 있다.
특히 제3·4행에서 이 점이 잘 드러난다. 제목의 '동선령'(洞仙嶺)은 황해도 구월산(九
月山)에 있는 고개 이름으로, 풍광이 빼어나기로 유명해 조선 10경(十景)의 하나로 꼽
혔던 곳이다.

비 온 뒤의 못

비 온 못에 와글와글 무척이나 시끄러워
울음 그치게 하려고 돌을 주워 던졌더니
근심 없는 여뀌 뿌리 파란 글자 드러내고
비늘 고운 붕어는 물결 차며 놀라 뛴다.

—

雨池閤閤太愁生, 拾石投擲欲止鳴. 無恙蓼根靑出字, 潤鱗金鯽撥波驚.

비 온 뒤 못가의 정경을 한눈에 보여 주는 시이다. 제3행의 '파란 글자'는 못물 위로 올
라온 여뀌 뿌리를 비유한 말이다.

맑은 못

1

쓸쓸한 까막옻나무
못 가운데 돌 쌓고 심어 두었네.
깨끗한 가을 해 거꾸로 비춰
못물빛 이 나무에 올라오누나.

—

瑟瑟鴉臼樹, 疊石池裏栽. 倒寫秋暉淨, 池光上樹來.

2

헤엄치는 아이들 오리와 경쟁하니
작은 못에 흙탕물이 이네.
잠자리도 머리와 꼬리로 장난하면서
때때로 못물을 스쳤다 오르네.

泅兒賽鳧兒, 斛水斗泥爛. 蜻蜓弄頭翅, 時掠出沒卅.

1769년 칠월 칠석 다음날, 서상수·유금(柳琴, 1741~1788)·유곤(柳璭, 1744~1822)·유득공·박제가 등과 함께 서울 삼청동의 읍청정(挹淸亭)에 가 지은 시이다. 첫수 제3·4행의 비유가 이채롭다.

소에게

지는 놀이 쇠귀에 붉은데
소는 먼 산 바라보며 푸른 꽃 씹네.
잎 성긴 나무에 몸을 비비니
하늘하늘 산들산들 춤을 추누나.

—

夕照紅牛耳, 對山齕碧花. 癢摩稀葉樹, 聶聶鬗婆娑.

저물녘 석양빛에 풀을 뜯는 소의 모습을 재미나게 표현한 시이다. 제3·4행은 소가 나무에 등을 비비니 나무가 춤을 추는 듯하다는 말이다.

국화 향

바위에 기대어 핀 국화
드리운 가지 시내에 노랗게 비치네.
한 움큼 물 떠서 마시니
손에도 국화 향 입에도 국화 향.

—

菊花欹石底, 枝折倒溪黃. 臨溪掬水飮, 手香口亦香.

국화가 비친 시냇물을 떠 마셨더니 손과 입에 국화 향이 그득했다는 말은 참 놀랍다.
'나'와 국화와 시내가 한순간 일체가 되어 버렸기 때문이다. 자연과의 합일을 짧은 시
구로 절묘하게 드러내고 있는 시이다.

아이들 노는 봄날에

김씨네 동산의 흰 흙담 아래
복사나무 살구나무 나란히 섰네.
버들로는 피리 불고 복어 껍질로 북 치면서
아이들 서로 어울려 나비 잡네.

—

金氏東園白土墻, 甲桃乙杏併成行. 柳皮觱栗河豚鼓, 聯臂小兒獵蝶壯.

봄날의 정경과 어울려 아이들의 놀이가 정겨우면서도 따뜻하게 묘사되어 있다.

산사의 밤

밤기운에 대청이 텅 빈 듯하고
우두커니 안석에 기대어 시를 읊누나.
멀리서 나는 단향목 향기
오동에 내리는 소리 고요도 해라.
종소리 못물 멀리 들리고
오래도록 등불 타니 부처의 꿈이 깊네.
불법을 설하는 승려의 말에
어느새 새벽안개 정화수에 깔리네.

—

夜氣虛堂白, 嗒然據几吟. 檀煙遙散馥, 桐露靜生音. 鐘逈潭心曠, 燈長佛夢深.
僧談天竺法, 瓶水曉雲侵.

고즈넉한 산사(山寺)의 밤기운을 느끼게 하는 시이다. 마지막 행의 '정화수'는, 흔히 절
에서 손님이 오면 떠다 두는 맑은 물을 말한다.

산속 집

낙엽이 발자국을 묻어 버려서
되는대로 산속 집을 찾아갔더니
글 소리와 베틀 소리 어우러져서
지는 해에 서로 가락을 맞추네.

紅葉埋行踪, 山家隨意訪. 書聲和織聲, 落日互低仰.

산속에 사는 벗을 방문했나 본데, 낙엽이 저 발자국을 죄다 없애 버렸다. 글 읽는 소리
와 베 짜는 소리가 석양빛에 한데 어우러져 하모니를 이루고 있다고 했는바, 그 자체가
아름다운 시적(詩的) 울림을 전해 준다.

초겨울

고요한 밤 사방 산에 여울 소리 들리니
멀리 석문(石門)의 푸른 우물 차가우리.
달이 뜨니 한밤에 그 소리 더욱 큰데
운치 높은 전나무는 구름에 솟았네.

—

四山虛夜落風湍, 遙想石門碧井寒. 月出三更愈浙瀝, 韻高蒼檜入雲盤.

고요한 산중에서 듣는 여울물 소리는 한밤에 달이 뜨면 더 커지는 법이다. 초겨울 밤의
산중 풍경을 담박하게 묘사해 놓았다.

삽짝에서

어느 집 하인 하나 짧은 채찍 손에 쥐고
이슬비 속에서 나귀를 몰고 가네.
무심코 물어본다 어디에서 왔느냐고
가리키는 손끝 보니 남산의 붉은 단풍.

—

短策誰家僕, 驅驢小雨中. 問從那裏到, 手指南山楓.

삽짝 밖으로 지나가는 하인과의 대화를 소재로 하여 재미난 시를 엮었다. 마지막 두 구
절이 매우 인상적이다.

시냇가 집에서

숲 속 꽃 손수 꺾어 코를 대 보고
가끔은 두건에도 꽂아 보누나.
빈집에서 휘파람 부니
놀라 날아가는 성 위 까마귀.

—

手折林花嗅, 時復揷巾斜. 一聲虛閣嘯, 驚起城頭鴉.

시냇가 집의 한가한 풍경을 수수하게 담아냈다.

남산에서

1

졸졸졸 시냇물 사람 향해 우니
그윽한 소리가 허공에서 들리는 듯.
시월 내린 비에 돌의 자태 드러나니
맑은 시내 하나같이 거문고 소리 내네.

—

冷冷溪水向人鳴, 疑是幽音空外生. 十月雨來石出後, 淸流一一作琴聲.

2

새벽녘에 일어나 주렴 걷으니
뾰족한 남산이 눈에 먼저 들어온다.
골짝에 어슴푸레 새벽달 걸렸는데
처마에서 자던 새 놀라서 날아가네.

清晨起坐捲蘆簾, 先看䨲頭峯露尖. 谷口蒼茫殘月在, 驚飛棲鳥出茅簷.

남산 밑 장흥동(長興洞)에 살 때인 1760년에 지은 시인데, 당시 이덕무는 병을 앓고 있었다고 한다. 시인은 새벽녘 병중에 일어나 주렴 너머 남산을 바라보며 시냇물 소리를 듣는다. 그런데 병중이기에 그랬던 것인지, 늘 보고 듣던 그것들이 이날은 예사롭지 않았던 듯하다. 그래서 맑은 시내는 거문고 소리를 낸다고 했고 뾰족한 남산은 눈에 먼저 들어온다고 했다.

봄, 여름, 가을, 겨울

봄

문 앞에 드리운 푸르른 버드나무
아침 비에 가지 젖고 저녁 비에 뿌리 젖네.
꽃에 물 주고 와 홀로 턱을 괴고선
앉아서도 당시(唐詩) 보고 누워서도 당시 보네.

—

門前軟綠柳絲垂, 朝雨枝滋暮雨根滋. 灌花歸去獨支頤, 坐看唐詩臥看唐詩.

여름

물가 정자 동쪽에 흰 비가 주룩주룩
이랑엔 벼가 가득 못에는 연꽃 가득.
사립문 두드리며 동자를 부르는 이
고기잡이 늙은인가 나무꾼 늙은인가.

垂垂白雨水亭東, 禾滿畦中荷滿塘中. 柴門剝啄喚山僮, 不是漁翁卽是樵翁.

가을

한가히 지내며 도연명(陶淵明) 시 읽으니
솔은 절로 소쇄하고 국화 절로 소쇄하네.
저물녘에 돌아오는 고기잡이 동자는
멀리 또 가까이 강과 시내에서 고기 낚았겠지.

陶詩一卷讀閒居, 松自瀟如菊自瀟如. 漁童日晚始歸廬, 遠釣江魚近釣溪魚.

겨울

매화 가지 잡으니 떨어지는 꽃이 찬데
정자에서도 뜰에서도 이리저리 서성이네.
돌아오매 향로 연기 하늘하늘 피어나니

한가한 밤도 기쁘지만 한가한 이 맘 더 기쁘네.

<hr />

梅枝手攬落英寒, 閑裏盤桓庭裏盤桓. 歸來爐上篆煙蟠, 自喜宵閑更喜心閑.

사계절의 정경이 그림처럼 선명히 형상화되어 있다. '도연명'(陶淵明)은 육조 시대(六朝時代) 시인으로, 속세를 떠나 전원에 은거하며 담박한 시를 즐겨 지었다. 국화를 노래한 시로 유명하다.

가을밤

詩

가을 경치 앞에서

가을철엔 부산한 일 많기도 해서
며칠간 글공부도 쉬어 버렸지.
북에서 온 저 기러기 추위 몰아와
빨갛게 익어 가는 이웃집 대추.
높다란 나무에 비 내리더니
성이 노랗더만 무지개 걸렸네.
낫 들고 잡초 베어 내면서
즐겨 김매는 영웅이 되네.

—

秋序多騷屑, 書抛數日工. 賓鴻句引冷, 隣棗了當紅. 樹豁俄吹雨, 城黃始挿虹.

揮鎌除架蔓, 甘做圃英雄.

가을철의 정경을 읊었다. 제1행은 가을엔 추수 등 일이 많기에 한 말이다.

가을밤 1

서늘한 바람 새로 이는 밤
귀뚜라미 문에 들어와 우네.
들녘의 샘물 소린 대숲 너머 들리고
마을의 불빛은 숲 너머 밝네.
한밤중에 산봉우리 달 뱉어 내고
십리 길 강바람 맑기도 하지.
밤 깊어 뭇별들 찬란도 한데
하늘가엔 기러기 떼 비껴 나누나.

—

一夜新涼生, 寒蛩入戶鳴. 野泉穿竹響, 村火隔林明. 山月三更吐, 江風十里淸.
夜闌星斗燦, 玉宇雁群橫.

명징한 시적 이미지로 가을밤의 맑은 기운을 한껏 드러내고 있다.

가을밤 2

청량하기는 도(道)라도 깨달을 듯하고
담담하기로는 내 몸을 잊을 것만 같네.
무성한 풀숲에는 벌레 소리 높고
등불이 밝으니 빗줄기가 푸르네.
신령한 마음은 책에 둘러싸여 있고
그윽한 소리 난간에 들리네.
날이 개면 내 눈이
밤하늘의 많은 별들 볼 수 있겠지.

—

泠泠如悟道, 澹澹欲忘形. 草勁蟲喉鬱, 燈虛雨色靑. 靈襟圍亂帙, 幽籟赴踈欞.
待霽堪吾眼, 應繁後夜星.

청량한 기운에 절로 도(道)를 깨칠 것만 같은 가을밤을 노래하고 있다. 벌레 소리와 파
란 빗줄기의 시청각적 이미지가 잘 어우러져 가을밤의 정취를 깊게 한다.

가을 누각에서

청음루(靑飮樓) 서늘하여 앉아 있기 저어되는데
저녁 되자 이웃집 기와 점점 어두워지네.
별들은 총총히 밝기도 하고
낮 더위에 나뭇가지 초췌한 듯 늘어졌네.
옷은 헐렁 볼은 훌쭉 여전히 여위었고
거미줄과 박 덩굴은 본때 나게 가느네.
오죽(烏竹)으로 만든 퉁소 뚫어진 구멍을
가을 소리 울려 보고자 짚어 보누나.

—

靑飮樓涼讌坐嫌, 漸看隣瓦暝來黔. 淋漓瀾漫星鋪夕, 憔悴支離樹歷炎. 衣緉
頰稜依例瘦, 蛛絲匏蔓盡情纖. 簫穿烏竹團團孔, 欲奏秋聲試一拈.

청음루라는 누각에 앉아 석양이 지는 가을 저녁을 읊은 시이다. 마지막 두 행의 오죽 퉁
소로 가을 소리를 울려 보겠다는 시구가 운치 있다.

시골집

콩깍지 더미 옆에 오솔길이 있고
붉은 햇살 막 퍼지자 소들이 흩어지네.
가을 맞은 산허리에 연푸른빛 물들겠고
비 갠 뒤의 구름일랑 깨끗하니 먹음직해.
갈대 그림자 흔들흔들 기러기 놀라 날고
볏잎 소리 싸악싸악 물고기 분분하네.
나도 한번 산 남쪽에 초가집을 짓고 싶어
볏짚 반만 줄 수 없나 농부에게 물어보네.

荳殼堆邊細逕分, 紅暾稍遍散牛群. 娟靑欲染秋來岫, 秀潔堪餐霽後雲. 葦影
幡幡奴鴈駭, 禾聲瑟瑟婢魚紛. 山南欲遂誅茅計, 顧向田翁許半分.

시인은 시골 정경을 보고 자기도 초가집을 지어 살고 싶다는 생각을 한다. 시인처럼 생
각하는 건 오늘날이라고 해서 크게 다르지 않을 듯하다.

비 온 뒤에

산속에 있으니
산처럼 그윽한 흥이 솟구쳐 오르네.
바람에 나뭇잎 지고
비 지나가 강가 정자가 차네.
달이 뜨자 시심(詩心)이 일고
난간에 기대니 모두가 가을빛.
벼슬길에 분주한 나그네라면
여기에 굳이 올 것 없겠지.

—

我身在山裡, 幽興湧如山. 木葉仍風落, 江亭過雨寒. 詩情勝對月, 秋色共依欄.

役役紅塵客, 不須來此間.

비가 갠 가을밤, 산속 정자에서 읊은 시이다. 명리(名利)에만 급급해서는 자연이 주는
값진 행복을 결코 알 수 없다는 점을 일러 준다.

병중에 읊다

가을 석 달을 석문(石門) 서편 집에서 누워 지내니
몽매간에 시 지어도 쓰기가 싫네.
반짝반짝 빛나는 별 나무에 가깝고
희미한 북소리는 닭 울음과 이어지네.
작은 아이는 어두운 등불 아래 책을 기대어 잠들었고
늙은 말은 찬 마구간에서 달을 보고 우네.
사람 없는 골짝에서 부질없이 탄식하며
강가 정자의 밭에 피었을 국화를 생각하네.

—

三秋伏枕石門西, 夢寐詩成亦懶題. 的皪天星低近木, 蒼茫禁鼓遠連鷄. 小童
燈暗憑書寢, 老馬槽寒立月嘶. 谷裡無人空咄咄, 江亭遙想菊盈畦.

1762년에 지은 시이다. 당시 이덕무는 옴과 부스럼을 심하게 앓아 국화 잎을 짓이겨 붙
이기도 하고 국화즙을 내어 마시기도 했다고 하는데, 퍽 답답했나 보다. 그런 시인의 심
정이 시의 이면에 은근히 배어 있다. 제4행의 '북소리'는 시각을 알리는 북소리이다.

가을비에 객이 와서

찬 숲에 낙엽이 지더니
시절 또한 깊은 가을이 되었네.
베개 베니 부질없는 생각 많더니
술잔 들자 온갖 근심 사라지는군.
깃든 새는 때를 알아 숨어 버리고
기러기는 기운 얻어 날아다니네.
객이 와서 울적한 맘 위로해 주니
빗소리나 멎은 뒤에 돌아가기를.

寒林搖落脫, 時序又深秋. 倚枕空千慮, 開樽散百愁. 棲雀知時隱, 賓鴻得氣浮.
客來頗慰意, 歸屐雨聲收.

비마저 내리는 쓸쓸한 가을날 반갑게도 객이 찾아왔다. 마지막 두 행에서 객을 반기는
시인의 마음이 잘 드러나 있다.

늦가을

가을날 작은 서재에 맑은 기운 넘쳐나니
갈건(葛巾)을 바로잡고 물소리를 들어 본다.
책상에는 시가 있고 울엔 국화 피었거늘
그윽한 풍취가 도연명과 같다 하네.

小齋秋日不勝淸, 手整葛巾聽水聲. 案有詩篇籬有菊, 人言幽趣似淵明.

국화와 시가 있는 늦가을의 작은 서재에서 가만히 물소리를 듣는다고 했다. 청명한 기운이 느껴지는 시이다. '갈건'은 갈포(葛布)로 만든 두건이다. 마지막 행은 남들이 시인 자신을 보고 그렇게 이른다는 말이다.

아이의 마음으로 사물을 보면

어린아이 혹은 처녀처럼

"'아이 혹은 처녀가 쓴 글'이라는 제목을 붙인 걸 보니 이 책을 쓴 사람은 아이 아니면 처녀인가 보군."

누군가 이렇게 말한다면 나는 이렇게 답하리라.

"그 사람은 이십대 사내라오."

그러면 이렇게 힐문할지도 모르겠다.

"아이도 아니고 처녀도 아닌 사람이 자신의 책을 '아이 혹은 처녀가 쓴 글'이라고 해서야 되겠나!"

그러면 나는 이렇게 대답하겠다.

"그 까닭을 굳이 말한다면 내 스스로 겸손함을 본받으려 했기 때문이며, 동시에 나 자신을 찬미하기 위해서라오."

이에 대해 또 이렇게 힐문할지도 모르겠다.

"그건 옳지 않은 말일세. 성숙한 아이가 자신을 찬미할 때면 '장자'(長者)라고 말할 것이고, 지혜로운 처녀가 자신을 찬미할 때면 '장부'(丈夫)라고 말할 터인데, 어찌 스무 살이 넘은 사내가 스스로 '아이 혹은 처녀'라고 하면서 자신을 찬미할 수 있단 말인가? 내 여태 그런 말은 들어 본 적이 없네."

이런 말을 듣게 된다면 내 다음과 같이 답하겠노라.

예전에 나는 『아이 혹은 처녀가 쓴 글』이라는 이 책 첫머리에 이런 말을 붙인 바 있다.

"글이란 모름지기 아이가 장난치며 즐기는 것과 같으니, 글 짓는 사람은 의당 처녀처럼 부끄러워할 줄 알아 자신을 잘 감추어야 한다."

이 말은 스스로 겸손함을 본받으려 한 것이기도 하지만, 동시에 자신을 찬미한 말이 분명하다.

나는 어릴 때부터 특별히 좋아하는 것이 없었다. 다만 문장만을 좋아하여 그것을 즐길 뿐이었다. 비록 글을 잘 짓는 것은 아니었지만 그래도 그것을 즐기기 때문에 때때로 글을 짓고 이를 나 자신의 즐거움으로 삼았다. 지은 글을 드러내 자랑하는 일이라면 차마 하지 못해, 그것으로 남에게 명예를 구하는 짓을 수치스럽게 여겼다. 이 때문에 어떤 이들은 나를 괴팍하다고 꾸짖기도 하였다. 뿐만 아니라, 몸이 약한 나는 어려서부터 병치레가 많아 부지런히 책을 읽을 수도 없었다. 그래서 지식은 얕고 배움은 거칠다. 또한 학문을 이끌어 주는 선생이나 잘못을 바로잡아 주는 친구가 없는데다 집마저 가난해 책을 사 모을 돈도 없어 깊이 있는 지식을 얻을 수도 없었다. 그러니 내가 제아무리 글이 좋아 혼자 즐긴다고 했지만 그 학문이 별 볼일 없으리란 건 분명한 사실이다.

하지만 아이가 장난치며 즐기는 것은 '순수한 마음'이 있는 그대로 발산된 것이며, 처녀가 부끄러워하며 감추는 것은 '순수한 진정'이 자연스레 드러난 것이니, 이와 같은 것은 억지로 한다고 되는 것이 아니다.

아이가 네댓 살이나 예닐곱 살이 되면 날마다 장난을 치며 재롱을 피우니, 예컨대 닭의 깃을 머리에 꽂고 파 잎을 뚜뚜 불며 벼슬아치 놀이를 하기도 하며, 제 딴에는 법도와 규식을 차린다며 나무나 대나무로 제기(祭器)를 만들어 놓고는 성균관 유생을 따라 해 보기도 한다. 또한 요란스레 고함을 치며 이리저리 뛰어다니는가 하면 눈을 부라리고 손톱을 세워 번쩍 달려드는 등 호랑이나 사자의 흉내를 내며 놀기도 하고, 점잖게 계단을 올라와서는 정중하게 읍(揖)하고 물러나는 등 손님과 주인 간에 접대하는 모습을 따라 하며 놀기도 한다. 또 대나무로 말을 만들고 밀랍으로 봉황을 만들며, 바늘을 굽혀 낚싯바늘을 만들고 물동이에 연못을 꾸미기도 한다. 이처럼 아이가 장난을 할 적엔 귀로 듣고 눈으로 본 것이라면 무엇 하나 본받고 배우지 않는 것이 없다. 이야말로 순수한 마음으로 자연스레 터득한 것이다. 그래서 활짝 웃고 훨훨 춤추며 목청껏 구슬픈 노래를 부른다. 때로는 갑자기 소리 내어 엉엉 울고, 홀연히 와아 하며 고함치고, 까닭 없이 슬픈 얼굴로 쳐다보기도 한다. 하루에도 온갖 가지 변화된 심정을 드러내지만, 왜 그렇게 했는지는 알지 못한다.

처녀의 경우 네댓 살이 되면 실띠를 매기 시작하고 열다섯이 되면 비녀를 꽂는다. 그때까지 집 안에서 온화하고 단정한 몸가짐으로 정해진 예의와 법도를 배우고 그것을 굳게 지킨다. 어머니를 따라 음식을 만들고 바느질과 길쌈을 배우며, 말하거나 행동할 땐 여자 어른의 가르침을 어기지 않는다. 또한 밤에 나갈땐 반드시 등촉(燈燭)을 앞세우고 낮에는 장옷으로 얼굴과 머리를 가리니, 엄숙하기는 조정(朝廷)에서 조회할 때와 같고 세속과 어울리지 않는 것은 신선과도 같다. 남녀 간의 사랑 노래는 부끄러워 읽지 못하고, 탁문군(卓文君)이나 채문희(蔡文姬)의 일이라면 혹여 한(恨)스런 마음이 생길까 말하지 않는다.[1] 여자 동기간이 아니면 일가친척이라도 한자리에 앉지 않고, 소원한 친척이 먼 데서 오면 부모가 만나 보라고 해야 겨우 절한 뒤 등불을 등지고 벽을 향해 앉아서는 부끄러움에 몸둘 바를 모른다. 간혹 집 안에서 거닐 때가 있더라도 혹여 멀리서 발소리나 기침 소리가 들리면 깊이 몸을 감추기에 여념이 없다.

아이와 처녀의 모습이 이와 같다면, 이는 누가 시켜서 그런 것인가? 아이가 장난치며 재롱떠는 것을 어찌 인위(人爲)라 할 수 있겠으며 어찌 자연스럽지 못하다고 할 수 있겠는가. 또 처녀가 부끄러워하며 자신을 감추는 것을 어찌 가식이라 할 수 있겠

1_ 탁문군(卓文君)이나~말하지 않는다: 두 사람 모두 재능이 뛰어난 여인이었으나 기구한 삶을 살았기에 한 말이다. '탁문군'은 전한(前漢) 시대 사람으로 부유한 집안에 태어났으나 결혼하자마자 남편을 잃었다. 그 뒤 당대의 뛰어난 문학가였던 사마상여(司馬相如)와 사랑에 빠져 집을 버리고 가난하게 살았다. '채문희'는 후한(後漢) 시대 사람으로 역시 일찍 남편을 잃고 흉노족에 잡혀가 십여 년 동안 살다 귀향하였다. 문학적 재주가 뛰어났던 탁문군과 채문희는 자신의 기구한 삶을 노래한 시편을 많이 남겼다.

는가.

이 책『아이 혹은 처녀가 쓴 글』을 쓴 사람은 글을 지은 뒤에도 남들에게 그것을 보이려고 하지 않으니, 그 마음이 아이나 처녀의 마음과 같기 때문이다.

한 덩이의 먹을 갈아 세 치 되는 붓을 놀려서는 고금(古今)의 아름다운 문장을 따와 글을 엮는다. 마치 화가처럼 흉중에 있는 마음을 그려 내되, 서린 근심을 말끔히 풀어내기도 하고 서로 배치된 감정을 합해 보기도 한다. 휘파람을 불고 노래도 하면서, 웃기도 하고 성내기도 하면서, 그 속에 밝고 아름다운 산수와 기이하고 고상한 그림을 담아낸다. 구름과 안개와 눈과 달의 변화무쌍하고 아름답고 담박하고 조촐한 모습을 그려 내기도 하며, 예쁜 꽃이라든지 고운 풀이라든지 찌르르 우는 벌레라든지 날아가는 새라든지 어느 것 하나 놓치지 않고 표현해 낸다. 하지만 이 사람은 본디 담박한 사람이라 과격하거나 괴팍하거나 꾸짖고 비방하는 따위의 말은 일절 쓰지 않는다. 또한 스스로 만족할 수 없다 하여 원고를 찢어 버리지도 않는다. 그저 글마다 붉고 푸른 색으로 우열을 매길 뿐이다.[2] 원고를 잘 묶어 책함에 싸서는 거기에 제목을 붙이고 하나의 책을 만든다. 이 책을 책 주머니에 넣어 품에 안고 다니면서 혼자 그것을 꺼내 찬탄하기도 하고 읊어 보기도 하는 등 마치 친구나 형제를 대하듯 한다. 하지만 이

2_ 그저 글마다~매길 뿐이다: 글에 비평(批評)을 했다는 말이다. 전통 시대에는 흔히 붉고 푸른 색의 염료로 비평 행위를 했기에 한 말이다.

또한 진실한 자기 마음에 감응해 스스로 즐기는 것일 뿐, 누구에게 자랑하거나 보이려고 해서는 아니다.

혹여 집에 들른 손님이 우연찮게 자기의 책을 보고 칭찬하는 소리를 하면 갑자기 부끄러움에 얼굴을 붉히며 민망해 하다가 급기야 불안한 마음이 들기까지 한다. 손님이 돌아간 뒤라도 부끄러움이 가라앉지 않고 그 때문에 화가 치밀어 오르면 아예 책을 불살라 버리려고도 한다. 시간이 지나 화가 약간 가라앉으면 그제야 "애초부터 상자에 단단히 봉해 두었어야 했던 것을"이라고 혼자 뇌까리고선, 열 겹의 종이로 단단히 싸 나무 상자에 넣고는 자물쇠로 굳게 봉해 버린다. 그러면서 "지금부터 만약 다시 남의 눈에 띄어 읽힌다면 불살라진다 해도 아까울 게 없다"라고 정색을 하며 스스로에게 맹세하곤 한다. 이를 두고 "참으로 괴이한 사람이구먼"이라고 쑤군거린다 해도 어쩔 도리가 없다.

그렇다고 내 문장이 뛰어나다고 말하는 것도 아니다. 거칠고 편협할 뿐만 아니라 희미한 반딧불이나 발자국에 고인 물처럼 하찮은 문장에 불과하다. 그러니 어찌 오만하게 스스로를 자랑하고 부끄러움도 없이 자신을 뽐내기를 '지금까지 나만 한 사람이 없었는데 이후엔들 있을 수 있으랴!' 하는 식의 망령된 생각을 품을 수 있겠는가. 혹여라도 이런 망령된 생각을 품는다면 어찌 학식 있는 이들이 꾸짖지 않겠는가. 예로부터 문장을 잘하는 사람치고 교만하여 스스로 훌륭한 체하지 않는 사람이 없었다. 이 때문에 시기하고 질투하는 자가 사방에서 일어나 부당한 비방을 당한바, 제 한 몸 명예를 잃을 뿐만 아니라 부모에게까지 욕을 미치곤 하였다. 그럴진대 문장을 잘하지도 못하는 자라면 어떻게 해야 하겠는가. 오로지 두려워하고 두려워할 따름이다.

내 이미 장난치며 즐거워한다 하고 부끄러워 감춘다고 하면서, 또 스스로를 찬미한다고 하였다. 장난치며 즐거워하는 것은 아이의 일이므로 어른이 꾸짖지 않을 터이고, 부끄러워 감추는 것은 처녀의 일이므로 바깥 사람들이 참견해 쑤군대지 않을 터이다.

아아! 혹 누군가 "널리 남에게 구함으로써 자신을 밝히고 빛낼지어다!"라는 말로 나를 책망하는 이가 있다면, 그것이 비록 아무리 통절하고 신랄한 풍자라 하더라도 나는 내 두려워하는 바를 더욱 깊게 할 것이며 내 감추는 바를 더욱 견고하게 할 것이다. 또 누군가 "다만 스스로 즐거워할 뿐이요 남과 더불어 한 가지로 즐거워하지는 말지어다!"라는 말로 나를 책망하는 이가 있다면, 이에 대해서는 변명할 필요가 없을 것이다. 내 이미 스스로 그러하기 때문이다. 아무리 경계하고 삼가며 자세히 살펴, 한갓 아이에 불과하고 처녀에 불과하다고 자처한다 하더라도, 남들의 책망을 면할 수 없으니 참으로 부끄럽고 또 부끄럽다. 그렇다고 혹여 이것으로 자처하지 않는다면 이후에 미칠 비방을 무슨 수로 감당할 수 있단 말인가. 이 때문에 재차 스스로를 위로하며 이렇게 말한다.

"장난치며 즐기는 건 아이만 한 이가 없으니 아이들이 재롱을 피우는 것은 참으로 순수한 마음이 발현된 것이다. 부끄러움을 잘 타는 건 처녀만 한 이가 없으니 처녀가 자신을 감추는 것은 참으로 순수한 진정이 표출된 것이다. 그런데 문장을 좋아하는 사람 가운데 장난치며 즐거워하기를 지극히 하고 부끄러워하여 감추기를 지극히 하는 사람을 찾는다고 한다면 나만 한 이도 없을 터이다. 그런 까닭에 이 책의 제목에 '아이'와 '처녀'라는 말을 붙인 것이다."

그런데 이에 대해 또 이렇게 묻는 이가 있을지 모르겠다.

"무언가를 좋아하는 자는 대개 그것을 잘하게 마련이네. 자네 역시 문장을 좋아한다고 하니 글을 잘 짓는다고 생각해도 될 테지. 그렇다면 자네가 겸손해 하는 것은 괜히 그렇게 해 보는 것 아닌가?"

그런 사람에겐 이렇게 대답하겠다.

"음식을 들어 비유해 보겠소. 훌륭한 요리사가 맛난 음식을 마련하는 경우를 생각해 보구려. 곰 발바닥, 잉어의 꼬리, 원숭이의 입술, 싱싱한 회 등 산해진미의 밑재료를 가져다 온갖 양념으로 간을 하고 맛을 내 요리한 음식을 고관대작에게 바쳤다고 합시다. 고관대작 가운데 그것을 맛나게 먹으며 좋아하지 않는 이는 없겠지요. 하지만 고관대작이 맛난 음식을 좋아할 줄은 알지만 요리사와 같이 아름답고 진귀한 음식을 만들지는 못할 거외다. 내가 문장을 좋아한다고 말한 것은 고관대작이 맛난 음식을 좋아하는 것과 같은 이치라오. 식초에 담그면 시고 간장에 절이면 짜다는 건 고관대작도 짐작할 것이니, 내가 글을 지을 줄 안다는 것도 이와 같은 거지요. 그러니 어찌 일부러 겸손한 체하겠습니까? 다만 스스로를 찬미해 즐길 뿐이지요."

또 혹여 이렇게 묻는 이가 있을지도 모르겠다.

"그렇다면 아이가 장부가 되고 처녀가 부인이 될 날도 있지 않겠는가?"

이런 사람에게는 내 빙그레 웃으며 이렇게 답할 터이다.

"비록 아이가 장부가 되고 처녀가 부인이 된다 하여도, 순수한 마음이 발현된 '있는 그대로의 마음'과 진실한 감정이 표출된 '참된 마음'만큼은 백발이 된다 한들 변함이 없을 거외다."

이십대 시절의 저작 『아이 혹은 처녀가 쓴 글』(원제는 '영처고' 嬰處稿)에 부친 서문이다. 이덕무는 진실한 마음을 도외시한 채 아름답고 훌륭한 문장만을 지으려는 태도를 강하게 비판하고 있다. 세련미가 떨어질지라도 아이와 처녀의 마음처럼 자기의 순수하고 진실한 마음을 드러내는 게 참된 글쓰기의 요체라는 것이다. 이 글은 '참된 글은 무엇인가? 진정이 발현된 글이다'라는 한마디 말로 요약할 수 있다.

산 글과 죽은 글

산 글이란 무엇인가? 자구마다 한결같이 그 정신이 유동(流動)해야만 산 글이라고 할 수 있다. 진부한 것을 답습하기만 해서는 죽은 글이 될 뿐이다. 옛날의 6경(六經)[1] 가운데 정신이 없는 것을 본 적이 있는가?

1_ 6경(六經): 유가(儒家)의 여섯 가지 경전, 곧 『시경』(詩經)·『서경』(書經)·『예기』(禮記)·『악기』(樂記)·『역경』(易經)·『춘추』(春秋)를 말한다.

살아 있는 글이란 답습하지 않는 것은 물론이거니와 작자의 정신이 그 속에 살아 숨쉬어야 한다는 점을, 간명하되 핵심적으로 일러 주고 있다.

박제가 시집에 써 준 글

갑신년(甲申年, 1764), 내가 훈도방(薰陶坊)[1]에 있는 영숙
(永叔)[2]의 집을 방문했을 때였다. 문 위에 '초어정'(樵漁亭)[3]이
라는 세 글자가 씌어 있는데 자획을 보니 그 서체가 몹시 활달하
고 웅혼했다. 영숙은 "이 글씨는 내 고향 지인(知人)인 박 승지
(朴承旨)[4]의 열다섯 살 난 아들이 쓴 것일세"라며 자랑하였다.
나는 그 말에 깜짝 놀라 다시 그 글씨를 쳐다보면서 그 동자를
만나 보지 못한 것을 아쉬워하며 오래도록 탄식하였다. 그때까
지만 해도 그가 글씨만 잘 썼지 시까지 잘 짓는다는 건 알지 못
했다.

그로부터 2년 뒤 어느 겨울의 일이다. 김자신(金子愼)[5]이
나에게 시 두 편을 보여 주면서, "이 시는 영숙의 집 문 위에 글
씨를 썼다는 그 동자가 지은 거라네"라고 하였다. 그래서 얼른
그것을 보았더니 시와 글씨가 잘 어울리는 게 그만이었다. 그래
도 여전히 나는 그가 시를 짓는다는 걸 알았을 뿐 그의 모습이나
마음씨가 어떠한지는 알지 못했다. 당시 어머니의 상중(喪中)이
라[6] 직접 그를 찾아가 만날 수 없었기 때문이다. 그래도 나는
백씨와 김씨[7] 두 분을 만나기만 하면 그의 모습이나 마음씨가

1_ 훈도방(薰陶坊): 조선 시대 한성부(漢城府)의 남부(南部)에 속했던 행정 단위의 하나로,
　지금의 남산·저동(苧洞)·묵정동(墨井洞) 일대를 말한다.
2_ 영숙(永叔): 백동수(白東脩, 1743~1816)의 자(字). 서얼 출신으로, 이덕무의 처남이며
　연암 그룹의 일원이었다. 무예가 뛰어나, 이덕무·박제가가 편찬한 『무예도보통지』(武藝
　圖譜通志)의 검토에 참여하였다. 이덕무는 그를 위해 「백동수라는 사람」(본서 133면에
　수록)이란 글을 써 준 바 있다.
3_ '초어정'(樵漁亭): '나무꾼과 어부의 집'이라는 뜻이다.
4_ 박 승지(朴承旨): 박제가(朴齊家)의 아버지 박평(朴坪, 1700~1760)을 말한다.

어떠한지 물어보곤 하였다. 이렇게 하기를 오래 하다 보니 어느 새 그의 모습이 생생해지고 그의 마음씨 역시 어렴풋이나마 짐 작하게 되었다. 그래서 그즈음부터는 그 동자의 생김새는 확실 히 알게 되었고 그의 마음씨 또한 절반쯤은 알 수 있게 되었다.

그 이듬해 봄 내가 다시 영숙을 찾아갔을 때다. 문밖으로는 남산에서 흘러나오는 시냇물이 넘쳐흐르고 있는데, 한 동자가 점잖은 걸음으로 시내를 따라 북쪽으로 걸어가고 있는 것이 아 닌가. 그는 흰 겹옷에 녹색 띠를 두르고 있었는데 퍽 포부가 있 어 보였다. 넓은 이마와 초롱초롱한 눈빛에 온화한 낯빛을 한 것 이 바로 한 사람의 기걸(奇傑)한 장부였다. 나는 이 사람이 박씨 의 아들일 것이라 짐작하고는 길을 가면서도 계속 그를 주시하 였다. 그 동자도 마음에 짚이는 게 있는지 나를 눈여겨보는 듯했 다. 나는 이 사람이 필시 나를 따라 영숙의 집으로 올 것이라 생 각했는데 얼마 후 과연 그 동자가 영숙의 집에 들어서는 것이었 다. 그는 내게 매화시(梅花詩: 매화를 읊은 시)를 바치면서 인사 를 하였다. 나는 신묘한 기운이라든가 말에 대한 논의라든가 선 비의 지조나 절개라든가 성령(性靈: 자연스런 본성)에 대해 차 례로 물어보았는데 대답하는 것이 모두 내 마음에 들어 무척 기 뻤다.

그후 동자가 나를 찾아와 5백 글자나 되는 시를 주었는데,

5_ 김자신(金子愼): 이덕무·백동수 등과 교유했던 인물인 듯한데 자세한 것은 알 수 없다.
6_ 당시 어머니의 상중(喪中)이라: 이덕무는 25세 때인 1765년 5월 1일 어머니를 여의었다.
  이덕무의 어머니는 반남(潘南) 박씨(朴氏, 1720~1765)이다.
7_ 백씨와 김씨: 백동수와 김자신을 말한다.

이는 옛 군자들이 친교를 맺는 풍도(風道)였다. 올해 들어 동자는 관례(冠禮)[8]를 하였으며 자(字)를 재선(在先)이라고 하였다.

재선은 다른 사람을 대할 때면 늘 말이 어눌했지만 나를 대해서는 말을 참 잘하였다. 나 또한 다른 사람의 말을 들을 때면 이해하지 못하는 게 많았지만 재선의 말을 들을 때는 쉽게 이해할 수 있었다. 이와 같으니 재선이 나에게 말을 하지 않으려 한들 어찌 그럴 수 있겠는가. 그리하여 우리는 바람이 스며들고 비가 새는 퇴락한 집일지라도, 조용히 만나기를 멈추지 않았다. 등잔불을 켜 둔 채 갖가지 다양한 책을 펼쳐 놓은 뒤 마음을 터놓고 이런저런 이야기를 나누곤 하였다. 하늘과 땅이 왕복(往復)하는 이치라든지 삶과 죽음의 문제라든지 고금(古今) 역사의 흥망성쇠라든지 선비가 벼슬하고 물러나는 도리는 물론이거니와, 산수와 벗 사귐의 즐거움이라든지 서화(書畵)와 시문(詩文)의 운치에 대해서도 거리낌 없이 논하였다. 간혹 서로 마음에 격동되는 곳을 만나면 함께 슬퍼하고 함께 기뻐하다가 시간이 조금 지나면 아무 말도 않고서 서로 마주 본 채 마냥 웃을 뿐, 우리가 왜 그렇게 했는지 그 까닭을 알 수 없었다. 비록 이와 같이 마음이 잘 통하는 사이라 하더라도, 재선의 재주라면 모를까 내가 그의 욕심 없는 마음까지 재선과 같다고는 말할 수 없을 터이다. 재선은 참으로 욕심이 적은 사람이다. 그의 시가 담박하고 소쇄(瀟

8_ 관례(冠禮): 전통 시대에는 15~20세 즈음 상투를 틀고 갓을 쓴바, 이에 대한 의식을 '관례'라 한다. 대개 관례를 할 때 자(字)를 짓고, 관례 후에는 그 자로 이름을 대신하였다.

9_ 시가 가파르다: 시가 평이하거나 순순하지 않고 뾰족뾰족하거나 기이하다는 말이다. 이덕무는 박제가의 시 가운데 이런 면모를 보고 이를 경계하기 위해 이 같은 말을 했다.

灑)한 것은 바로 그의 성품과 같았다.

작년에 재선은 자신의 『초정시집』(楚亭詩集)에 대해 평(評)해 줄 것을 부탁한 적이 있었는데, 이번에 다시 그 일을 청해 왔다. 나는 그 책의 평을 모두 마치고는 웃으며 이렇게 물어보았다.

"왜 처음에는 칭찬하다가 뒤에 가서는 비판하는 식으로 평을 달았는지 아는지요?"

재선은 "그것을 통해 우의(友誼)를 알 수 있는 것이지요"라고 하더니, 내가 평한 것을 읽어 보고선 이렇게 물었다.

"왜 처음에는 시가 아리땁다고 했다가 뒤에 가서는 시가 가파르다9-고 했을까요?"

이에 나는 이렇게 답하였다.

"이를 통해 시도(詩道)를 알 수 있습니다. 내가 일찍이 '시는 시대마다 다르고 사람마다 다른 법이니, 남의 시를 답습해서는 시라고 할 수 없소이다. 남의 시를 답습하는 시라면 그것은 군더더기 시에 불과하외다'라고 말하지 않았습니까. 재선은 이를 알고 있을 테지요."

훌륭하다 재선이여! 이때 그의 나이 열아홉이었다. 이러한 재선의 마음을 알아주는 이가 과연 얼마나 될까?

박제가의 시집 『초정시집』(楚亭詩集)의 서문이다. '시는 시대마다 다르고 사람마다 다른 법이니, 남의 시를 답습해서는 시라고 할 수 없다'라는 말에서 이덕무가 생각한 참된 시의 기준을 알 수 있다. 한편, 이 글에는 이덕무가 박제가를 처음 알게 된 경위는 물론 이후 어떻게 벗으로 사귀게 되었는가에 대한 사정도 자세히 밝혀져 있어, 글 읽는 또 다른 재미를 느끼게 한다.

나만이 아는 시

　정군(鄭君) 이옥(耳玉)[1]은 바닷가의 흙무더기 언덕에 겨우 집터를 마련해 살았다. 서까래만 남고 허물어져 가는 집인지라 비바람을 막지도 못했고, 부엌에는 식량과 나무도 없어 처량하기 그지없었다.

　처지가 이러한데도 그는 누군가 기이한 서책을 가지고 있다는 말을 들으면 그 책을 빌려다 밤낮없이 읽으며 무릎을 안고 턱을 괸 채 생각에 잠기곤 하였다. 그러다 갑자기 물가나 산속의 정자에 가서 그윽한 꽃을 따기도 하고 아름다운 나무 밑에 오래도록 앉아 있기도 하였다. 끝없이 펼쳐진 안개가 물결 위로 자욱이 깔리고 그 새로 돛배가 가물거리는 것을 보다가 홀연 시상(詩想)이 떠오르면 흥얼흥얼 시를 읊조리곤 하였는데, 집에 돌아와서 보면 그렇게 해서 지은 시가 사오십 편이나 되었다. 이처럼 밖에서 시를 지을 때는 며칠 동안 끼니를 굶는 경우도 다반사라고 했다.

　그렇게 시를 짓고 돌아올 때는 마을의 주막에서 외상 막걸리를 마시고선 마음 내키는 대로 걷다가 한달음에 내 집에 찾아오곤 하였다. 내 집 청장관(靑莊館)[2]에 오면 자신이 쓴 시의 원고

1_ 이옥(耳玉): 이덕무의 벗 정수(鄭琇)의 자(字).

2_ 청장관(靑莊館): 이덕무가 대사동(大寺洞: 현재의 서울 종로 인사동의 탑골공원 일대)에 살 때인 1769년에 지은 서재 이름. '청장서옥'(靑莊書屋)이라고도 하였다.

를 품속에서 꺼내 보여 주면서 내게 읽어 보라고 하였다. 내가 다 읽고 나면 늘 이렇게 묻곤 했다.

"그래, 어떤 것 같나? 내가 지은 시라고 하지만 난 그게 어느 정도 품격이 되는지 알 수 없다네. 오직 자네만이 내 시를 판정해 줄 수 있네. 나는 늘 자네 말을 듣고서야 내 시가 어떻다는 걸 알게 되니 말일세."

내가 짐짓 "내가 뭘 알겠나? 자네 시에 대해선 별 할 말이 없는걸?"이라며 슬그머니 농을 치면, 이옥은 대번 "내 시가 좋지 않은 거로군!"이라고 말하며 금세 시무룩해졌다.

내가 "아니야, 아냐. 자네가 지은 시는 참으로 좋아"라고 웃으며 말하면, 무릎걸음으로 바짝 다가와 "정말 그런가?"라고 다시 반문하곤 하였다.

그러다가 마침내 내가 붓을 잡고선 그의 시를 읊어 보기도 하고 비평을 해 주기도 하면서 그의 시에 대해 추어주고 칭찬하면, 그제야 자신이 지은 시가 좋다고 믿고는 기쁨을 감추지 않았다. 이렇게 밤을 지새우며 웃고 이야기하다 돌아가곤 했는데, 이런 만남도 벌써 네댓 해 전의 일이다.

아아! 이옥이 태어난 지 서른 해가 넘었는데도 그는 아직도 뜻을 얻지 못한 채 아무것도 이루어 놓은 것이 없다. 그래서 자기 마음속의 빼어난 기운을 표현할 길도 찾지 못했다. 게다가 자신을 알아주는 이도 없어 오직 나만이 자신을 알아준다고 감격할 뿐이었다.

　나는 재주는 없으면서 뜻만 큰 사람인지라, 다른 사람의 시집이나 문집에 비평하기를 좋아하였다. 그런데 내가 그들의 잘못된 점을 지적하기라도 하면 "고의적으로 흠을 잡아 사람의 앞길을 막는군"이라며 성을 내는 사람도 있고, 혹여 그들의 아름다움을 칭찬하기라도 하면 "짐짓 칭찬하는 체하면서 세상에 아첨하는군"이라며 말하는 사람도 있었다. 하지만 이렇게 말하는 자들은 자기 시를 모를 뿐만 아니라 나에 대해서도 모르는 사람이다. 내가 남의 시를 몰라본다는 것은 사실일지 몰라도 나처럼 꾀 없이 우둔하기만 한 사람이 어찌 남을 속일 수 있단 말인가. 꾀 없이 우둔하기만 한 사람이 남을 속이는 경우란 없다. 이런 일을 겪으면서 나는 차츰 다른 사람의 시를 읽는 일이 싫어졌다. 그 때문인지 나를 저버리고 떠나가 버리는 사람도 생기곤 했다. 하지만 이옥만은 온전히 나를 믿어 주는 사람이었다. 그러니 나 역시 이옥에 대해 감격스런 마음이 없을 수 없는 것이다.

　이옥의 시 짓는 재주는 풍부하고 특이하며 기발하고 빼어나다. 그의 시는 미인(美人)이나 향기로운 풀과 같고, 신선의 선약(仙藥)이나 수정과 같다. 시의 뜻과 흥취 역시 아름답고 영롱하여 마음과 눈을 쏙 빼 놓는다. 하지만 그 시 속에 불우하고 간난

(艱難)한 자신의 처지를 한탄하는 말이라곤 한마디도 보이지 않는다. 아마도 그의 타고난 자질과 성품이 본래 그러하기 때문일 터이다.

불우했던 벗 정수(鄭琇)의 시집에 써 준 서문이다. 정수는 가난 속에서도 시 짓기를 멈추지 않았고 오히려 그것으로 자기의 불우한 현실을 대신하려 했던, 한마디로 시밖에 모르는 인물이었다. 이 글은 이러한 정수의 면모를 최대한 자상하게 그려 내 자칫 잊힐 뻔한 시인을 오래도록 기억하게 해 준다.

비루하지도 오만하지도 않게

어제 저녁에 그대가 문밖에 나서자 섭섭함을 이기지 못하였는데, 그때 마침 하늘을 올려다보았더니 검은 구름이 모여들어 어느새 후드득후드득 빗방울이 듣더이다. 그래서 곧장 동자(童子)를 시켜 그대 뒤를 쫓아 만류해 보려 하였지요. 동자가 철교(鐵橋)까지 나가 봤다고 하는데 그대를 만나지 못한 채 돌아왔소. 이에 내 오랫동안 홀로 안타까워하였습니다.

나는 재주도 없고 제대로 할 줄 아는 것도 없이 아이처럼 어리석고 처녀처럼 조용한 사람1_으로 세상 물정에 어둡고 쓸데없이 뜻만 큰 오활한 선비에 불과하거늘, 우연히 그대를 만나 예전부터 알았던 듯 친밀하게 될 줄이야 어찌 알았겠소? 인연이라면 참으로 뜻밖의 인연이외다. 그런데 그대가 먼저 나같이 가난한 사람의 집을 찾아 주고 또 이처럼 정성 어린 편지를 보내 주었구려.

그대가 보낸 편지에는 5백여 글자마다 그대의 진심이 드러나 있으니, 나같이 재주 없고 변변찮은 이가 어떻게 그대의 편지를 받을 수 있을지 알지 못하겠소이다. 처음에는 깜짝 놀라 부끄러워하였고, 중간에는 찬탄하며 칭찬하였고, 종장에는 기뻐하며 더할 수 없이 즐거워하면서, 이처럼 훌륭한 사람을 얻게 된 것을

1_ 아이처럼 어리석고 처녀처럼 조용한 사람: 이덕무가 '영처'(嬰處: 어린아이나 처녀)라고 자호(自號)했기에 한 말이다. 이와 관련해서는 본서 93면의 「어린아이 혹은 처녀처럼」이라는 글을 참조할 수 있다.

참으로 고맙게 생각했다오.

　그대는 아직 나이 어린 청년이건만 성인(成人)처럼 엄전해 그 정신은 강건하고 심지는 굳으며 말 역시 명료하구려. 억지로 문장을 꾸미지 않고 있는 그대로의 질박함을 따르는 사람으로, 저 옛날 기걸(奇傑)한 군자의 풍도가 있었기에, 내 그대를 두고 "일찍이 없었던 미증유(未曾有)의 일이도다!"라고 감탄하곤 했지요. 그러니 내가 그대를 후생(後生) 가운데 빼어난 인물로 추앙하는 건 당연한 일이외다. 그런데 이런 그대가 변변찮은 나 같은 사람을 이처럼 추어주니 감격스런 마음을 이길 수 없사외다. 아마도 그대가 진실한 마음 하나로 오래도록 벗을 사귀려 하기 때문이 아닌가 하오. 요즘 사람들이 할 수 없는 일을 그대 홀로 실천하고자 하니, 내 어찌 진심으로 화답하지 않을 수 있겠소.

　내 일찍이 "말은 금쪽같이 아끼고 자취는 옥(玉)처럼 갈무리하라. 그 빛남을 흉중에 간직하니 오래되면 밖으로 나타나 빛날 터이다"라는 잠(箴)을 지어 스스로를 경계한 바 있고, 또 "지조(志操) 없이 마냥 속세에 어울리면 그 자취가 비루해지고, 궁벽한 것을 캐고 괴이한 일만 행하면 그 뜻이 오만하게 된다. 비루해지면 남에게 아첨하게 되고, 오만하면 자신을 해치게 된다"라고도 말한 적이 있소이다. 게다가 옛사람도 "특별히 남과 달리할 필요는 없지만, 그렇다고 구차하게 남에게 부합할 필요도 없다"

라고 말했으니, 내 이를 읽으며 '참으로 시원한 말이구나'라며 속으로 쾌재를 부르면서 여러 친지들에게 써 준 적이 있다오. 그대는 어떻게 생각하는지요?

아아! 사특한 기운이 날로 강해지고 부박하고 방탕한 습속에 물들어 올바른 길을 회복할 줄 모르니 이를 어찌해야 좋단 말이오. 순박하고 진실하며 밝고도 지혜로워 옛사람과 짝할 사람은 오직 그대 같은 사람이니 그대는 부디 힘써 주시오. 내 비록 나이는 그대보다 많지만 "덕망도 나보다 높고 재주도 나보다 낫다"라는 그대의 말만큼은 감당할 수 없구려. 해가 길어졌으니 언제 한번 한가한 날을 틈타 가벼운 옷차림으로 나는 듯이 찾아 주지 않겠소?

박제가에게 보낸 편지 가운데 한 편이다. 아홉 살의 나이 차이에도 불구하고 평생을 지기(知己)로 지냈던 두 사람의 우정이 여과 없이 드러나 있다. 이 글에서 이덕무는 박제가에게 선비의 참된 뜻을 잃지 말 것을 간절히 당부하는 한편, 박제가와 같은 벗을 만날 수 있게 된 것을 진심으로 감사하고 있다. 문예미가 넘쳐나는 편지로 오래도록 기억될 법하다.

고(古)라고 해야 할지
금(今)이라고 해야 할지

족하(足下)¹⁻의 시와 소완(素玩)·선서(蘚書)²⁻ 두 선비의 시를 읽고는 감탄해 마지않으며 이렇게 외쳤사외다.

"그렇다, 이야말로 '옛사람'의 시다! 그러나 옛사람은 이미 죽은 지 오래여서 한 사람도 내 눈에 보이지 않는데 어찌 지금 이곳의 시를 지어 내게 보이겠는가? 그렇다, 이야말로 '지금 사람'의 시다! 그러나 지금 사람은 이 세상 모든 사람이 지금 사람 아닌 이가 없는데 어찌 이처럼 좋은 시를 지을 수 있단 말인가?"

이처럼 제 마음에서 고(古)와 금(今) 두 글자가 티격태격 다투어 종내 해결되지 않으니 어찌해야 좋을지 알 수 없사외다.

1_ 족하(足下): 상대를 높여 부르는 말. 여기서는 유득공(柳得恭)을 말한다.
2_ 소완(素玩)·선서(蘚書): '소완'은 이서구(李書九, 1754~1825)의 호이며, '선서'는 이정구(李鼎九, 1756~1783)의 호이다. 두 사람은 사촌 형제 사이다.

유득공에게 보낸 척독(尺牘: 짧은 편지)이다. 짧은 편지 안에 시(詩) 비평의 핵심적 사안을 언급하고 있다. 훌륭한 시의 기준은 '고'(古)도 아니요 '금'(今)도 아니며, 바로 법고창신(法古創新)에 있음을 떠올리게 한다.

책 읽는 선비의 말

文

책밖에 모르는 바보

남산 아래 퍽 어리석은 사람이 살고 있었다. 그는 말도 느릿느릿 어눌하게 하고, 천성이 게으르며 성격마저 고루하니 꽉 막혔을 뿐만 아니라, 바둑이나 장기는 말할 것도 없고 생계(生計)에 대한 일이라면 도통 알지 못하는 그런 사람이었다. 남들이 욕을 해도 변명하지 않았고, 칭찬을 해도 기뻐하거나 즐거워하지 않았다. 오직 책 읽는 일만을 즐겨, 책을 읽기만 하면 추위나 더위에도 아랑곳없이 배가 고픈지도 모른 채 책만 읽었다. 그래서 어려서부터 스물한 살이 된 지금까지 하루도 옛 책을 놓아 본 적이 없었다.

그가 기거하는 방도 무척 작았다. 하지만 동쪽과 서쪽과 남쪽에 각각 창(窓)이 있어 해가 드는 방향에 따라 자리를 옮겨 가며 책을 볼 수 있었다. 그는 자기가 아직 보지 못했던 책을 구해 읽게 되면, 그 즉시 만면에 웃음을 띠곤 했다. 집 사람들은 그가 만면에 웃음을 띠며 기뻐하면 필시 기이한 책을 구한 것이라 생각하였다.

그는 특히 두보(杜甫)의 오언 율시(五言律詩)를 좋아했다. 그래서 그 시를 읊느라 앓는 사람처럼 웅얼거리기를 예사로 하였고, 시구에 대해 골똘히 생각하다 혹 심오한 뜻을 깨치게 되면 그만 기뻐서 벌떡 일어나 방 안팎을 서성이기도 했는데, 그럴 땐 마치 까마귀가 우짖는 소리를 내곤 했다. 어떨 땐 조용히 아무 소리도 없이 눈을 크게 뜨고 멀거니 보기도 하고, 혹은 꿈꾸는 사람처럼 혼자서 중얼거리기도 하였다. 사람들이 자기를 보고 '책밖에 모르는 바보'라 해도 그냥 씩 웃고는 그것으로 그만이었다.

아무도 그의 전기(傳記)를 써 주는 사람이 없기에 내 붓을 들어 그의 일을 써서 '책밖에 모르는 바보 이야기'를 짓는다. 그의 이름은 기록하지 않는다.

'책밖에 모르는 바보'라는 말이 꼭 맞는, 이십대 젊은 시절 이덕무의 모습을 잘 보여 주는 글이다. 간결하면서도 깊은 여운을 주는 문예 산문으로, 일종의 자화상(自畵像)인 셈이다. 이처럼 스스로에 대해 전기 형태로 기록한 글을 '자전'(自傳)이라 하는데, 이 글은 조선 후기 자전을 대표하는 글로 종종 언급된다.

나란 사람은

사람의 성품이란 게 변할 수 있는 것일까? 변할 수 있는 것도 있고 변할 수 없는 것도 있을 터이다.

혹 이런 가정을 해 보면 어떨까.

어려서부터 장난도 치지 않고, 망령되거나 허탄(虛誕)하지도 않으며, 오직 성실하고 단정하여 자신을 삼가고 매사에 정성스러운 사람이 있었다.

어느 날 누군가 그에게 "자네는 도무지 세상 사람들과 화합하지 못하는구먼. 계속 그렇게 행동한다면 세상 사람들도 자네를 용납하지 않을걸세"라고 말하며 그의 성품을 고칠 것을 권했다. 그 자신도 그렇게 생각했던 터라, 저속하고 무례한 말을 하고 경망스럽게 행동하며 실속 없이 겉만 요란한 일을 하고 다녔다.

이렇게 한 지 사흘쯤 되었을까? 그는 기뻐하는 얼굴빛이라곤 전혀 없이 이렇게 말하는 것이었다.

"내 마음을 변하게 할 순 없나 보다. 사흘 전만 해도 내 마음이 든든한 듯하더니 지금은 내 마음이 온통 텅 빈 것만 같구나."

마침내 그는 원래대로 돌아가고 말았다.

　이욕(利慾)을 말하면 기운이 없어지고, 산림(山林)을 말하면 정신이 맑아진다. 문장을 말하면 마음이 즐겁고, 도학(道學)을 말하면 뜻이 정돈된다. 완산(完山) 이 아무개[1]란 사람은 오활하여 옛 도(道)에 뜻을 둔 사람이다. 그래서 산림·문장·도학에 관한 이야기만 좋아할 뿐 그 나머지는 들으려 하지 않았고, 혹 듣게 된다 하더라도 마음에 달갑게 여기지 않았다. 요컨대, 그 심지를 굳고 한결같이 하고자 하는 사람인 것이다. 그 때문일까? 이 아무개는 '선귤'(蟬橘)[2]이란 글자를 택해 자호(自號)하며 고요하고 담박하게 말할 따름이었다.

1_　완산(完山) 이 아무개: 이덕무 자신을 말한다. '완산'은 전주의 옛 이름인데, 이덕무의 본관이 전주이기에 한 말이다.
2_　선귤(蟬橘): 매미와 귤을 뜻하는 이 말은, 이덕무가 남산 아래 살 때 자신의 집에 붙인 당호(堂號)이기도 한데, 이덕무는 매미의 깨끗함과 귤의 향기로움을 본받겠다는 뜻에서 이 호를 지었다.

앞선 글과 유사하게 자신이 어떤 사람인지 밝힌 글이다. 중간에 가설적 상황을 설정해 자신의 논지를 전개하고 있는 게 흥미롭다. 선귤(蟬橘)이라 자호(自號)하며 '고요하고 담박하게 말할 따름'이라는 구절에 눈길이 간다.

참된 대장부

    망령된 말이라면 종일토록 입 밖에 내지 않고 망령된 생각이라면 죽는 날까지 떠올리지 않는다면, 비록 남들이 그를 일러 대장부라 부르지 않더라도 나는 그를 일러 대장부라 말할 것이다.

    조급하고 망령된 생각을 오래도록 마음에 두지 않는다면 절로 꽃이 필 것이고, 거칠고 상스러운 말을 오래도록 입에 담지 않는다면 절로 향기가 날 것이다.

서쪽 문 위에 써 붙여 두었다는 잠언(箴言) 형식의 짧은 글이다. 이덕무는 이 글을 문 위에 붙여 두고 그것을 자기 삶의 규율로 삼았을 터이다. 마지막 문장이 참 맑고 담백하다.

한가함에 대하여

진실로 그 마음이 한가할진댄 사방으로 통하는 대로변이나 떠들썩한 시장통 속에서도 한가함을 누릴 수 있는 법이니, 어찌 반드시 인적 없는 깊은 산중이나 고즈넉한 맑은 물가에서만 한가함을 얻을 수 있단 말인가!

내 집은 시장 옆에 있는지라, 해가 뜨면 온 동네 사람들이 모여 시끄럽게 떠들어 대고 해가 지면 온 동네 개들이 어지럽게 짖어 댄다. 그 속에서도 나는 편안히 글을 읽는다. 때로 집 밖에 나서 보면 땀 흘리며 뛰어가는 사람도 있고, 말을 몰아 내달리는 사람도 있다. 또 수레와 말이 섞여 복잡하게 오가기도 한다. 그 속에서도 나는 홀로 천천히 걸어갈 뿐이다. 이는 모두 내 마음이 한가하여 그 소란함에 나의 한가함을 빼앗기지 않기 때문이다.

나와 달리 저 세상 사람들은 그 마음이 어지러워 한가한 자가 드무니, 그것은 마음속에 저마다 다른 무언가가 있기 때문이다. 장사하는 이는 저울눈에 마음을 빼앗기고, 벼슬살이하는 자는 명예와 이익을 다투느라 정신이 없고, 농부는 밭 갈고 김매는 데 마음을 빼앗긴다. 이처럼 날마다 무언가에 마음을 뺏겨 그것만을 생각하는 사람이라면, 아무리 한적한 산수 간에 앉아 있다

한들 손발을 편히 드리우고 *끄덕끄덕* 졸기만 할 뿐 여전히 그 마음에는 평소 생각하는 게 있어 꿈속에서도 그것만을 생각할 터이니, 어느 겨를에 한가할 수 있단 말인가!

그러므로 나는 "마음이 한가하면 몸은 절로 한가해진다"라고 말하는 것이다.

시끄러운 시장 바닥에 있더라도 그 마음만 한가할 수 있다면 절로 한가함을 누릴 수 있다는 것을 여러 비유를 통해 일러 준다. 한가할 '한'(閒) 자 하나를 가지고 재미난 글을 엮었다.

오활함에 대하여

산림에 묻혀 살면서도 그 마음속에 명예와 이익을 품고 있다면 이는 '큰 수치'라 할 것이고, 소란스러운 도시에 살면서 명예와 이익을 품고 있다면 그래도 '작은 수치'라 할 것이다. 산림에 묻혀 살면서 은둔할 마음이 있다면 이는 '큰 즐거움'이라 할 것이고, 소란스러운 도시에 살면서도 은둔할 마음이 있다면 이는 '작은 즐거움'이라 할 것이다. 물론 즐거움이 큰 것이든 작은 것이든 그것이 즐거움임엔 분명하고, 수치가 큰 것이든 작은 것이든 그것이 수치임엔 분명하다.

이 세상에 '큰 수치'를 가진 사람은 백에 절반은 될 터이고, '작은 수치'를 가진 사람이라면 백이면 백 죄다 그러할 것이다. 반면 '큰 즐거움'을 품은 사람은 백에 겨우 서넛이나 될 뿐이고, '작은 즐거움'을 품은 사람은 백에 하나이거나 아예 없을지도 모른다.

이렇게 본다면 최고의 경지는 '작은 즐거움'을 품고 사는 일이다. 나는 소란스러운 도시에 살면서도 은둔할 마음이 있는 사람이다. 그러니 내 말이 어찌 오활(迂闊)하지 않을 수 있겠는가.

큰 수치·작은 수치·큰 즐거움·작은 즐거움에 대해 각각 말한 뒤, 가장 얻기 어려운 '작은 즐거움'을 가진 자신이야말로 최고의 경지에 도달한 사람이 아니겠냐고 말한다. 이것이 바로 이덕무가 말하는 오활함의 정체다.

사봉에 올라 서해를 바라보고

조생(趙生)과 박생(朴生) 두 소년이 나를 따라 바닷가에 있는 사봉(沙峯)[1]을 유람했다.

바닷가의 모래가 바람에 밀려와 모래산인 사봉을 만들었다. 사봉의 모래는 곱고 깨끗한 것으로 따지자면 세상에서 둘도 없는 모래라고 할 만하다. 사봉은 높이가 열 길[2]은 됨 직한데, 깎아 세운 듯 가팔라 더위 잡을 곳도 없었다. 하지만 다 그런 건 아니어서 성곽이나 구릉, 계단이나 밭두둑 같은 곳도 있었다. 또 구멍이 난 것처럼 움푹 패어 오목한 곳도 있고 출렁이는 물결처럼 넓게 펼쳐진 곳도 있었다. 이처럼 다양한 형상을 한 사봉은 바람에 날리고, 햇빛에 반짝이고, 옷자락에 스치고, 신발에 끌리고, 물결에 씻기고, 풀잎에 긁히는 데 따라 순식간에 그 자태가 바뀌어 무어라 형용할 수가 없었다.

내 시험 삼아 손가락으로 모래산 아래를 긁어내 보았는데, 손가락의 놀림에 따라 느리지도 빠르지도 않게 위에서부터 모래가 흘러 내려와 파낸 곳을 메우더니, 조금 뒤에는 멀리 둔덕의 모래까지 천천히 흘러내리는 것이었다. 그 모습은 마치 허공에 서린 향(香) 연기가 하느작하느작 올라가는 것 같기도 하고, 날

1_ 사봉(沙峯): 황해도 장연(長淵)의 금사사(金沙寺) 뒤에 있던 모래산인 금사산(金沙山)을 말한다.
2_ 열 길: 약 18미터.

쌘 말이 머리를 흔들 때 말갈기가 휘날리는 것 같기도 하며, 얇은 종이에 빗방울이 떨어져 차츰차츰 젖어 드는 것 같기도 하고, 많은 누에가 뽕잎을 먹을 때 야금야금 없어지는 것 같기도 했다.

　박생과 조생은 기를 쓰며 모래산 위에 올라가려 하고 있었다. 나도 그 뒤를 따라갔다. 발을 떼는 곳마다 푹푹 발이 빠져 발목이 그냥 빨려 들 것만 같았지만 금세 사방의 모래가 흘러내려 발자국을 싹 없애 버리곤 했다.

　마침내 사봉 정상에 올라 서해(西海)를 바라보았다. 멀리 수평선이 아득한데 그 끝이 뵈지 않았고, 용이나 악어가 내뿜는 파도3 만이 자욱히 하늘과 맞닿아 있었다.

　한 뜨락 가운데 울타리를 치면 울 머리에서 마주 보면서 서로 이웃이라 부르곤 한다. 지금 나와 두 소년은 이쪽 언덕에 서 있고 중국 등래(登萊)4 지방의 사람들은 저쪽 언덕에 서 있으니, 마치 이웃처럼 서로 바라보며 얘기를 나눌 만도 하다. 하지만 아득한 바다가 가로놓여 있어 볼 수도 없고 들을 수도 없으니 이웃의 얼굴도 알지 못한 채 지내고 있는 셈이다. 비록 귀로도 들을 수 없고 눈으로도 볼 수 없으며 발길 역시 닿을 수 없지만, 오직 마음만은 내달릴 수 있어 아무리 멀어도 못 가는 데가 없다. 이미 이쪽에서 저쪽이 있다는 것을 알고 있고 저쪽에서도 역시 이쪽이 있다는 것을 알고 있으니, 그렇다면 바다는 하나의 울

---

3 용이나 악어가 내뿜는 파도: 옛날에는 바다에 사는 용이나 악어가 물을 내뿜어 파도를 만들어 낸다고 생각했기에 이런 말을 한 것이다.

4 등래(登萊): 중국 산동성(山東省)의 등주(登州)와 내주(萊州)를 말한다. 뱃길로 중국을 갈 때 가장 가까운 곳이다.

타리에 불과한 게 아니겠는가. 때문에 서로 보고 있고 서로 듣고 있다고 말한다 한들 크게 틀린 말은 아닐 것이다. 그러나 만일 회오리바람을 일으키며 구만리 상공에 올라 이쪽과 저쪽을 한눈에 다 볼 수 있다면야 모두가 한집안 사람일 뿐일 터이니 굳이 울타리를 사이에 둔 이웃이라고 말할 건 또 무어란 말인가.

높은 데 올라 먼 곳을 바라보니 내 모습이 티끌처럼 작다는 걸 깨닫고는 망연히 수심이 생겨났다. 하지만 나 자신을 슬퍼할 새도 없이 저 섬사람들5_이 안쓰러워져 갑자기 이런 생각이 드는 것이었다.

만일 콩알만한 섬에 해마다 기근이 드는데 풍랑이 하늘에 닿을 듯해 구휼할 물자마저 들어오지 못한다면 어쩌지? 해적이 나타나서 순풍에 돛을 올리고 들이닥치는데 도망칠 곳이 없어 모두 도륙되고 만다면 어쩌지? 용이나 고래, 악어나 이무기가 뭍에 올라와 알을 낳은 후 무시무시한 이빨과 독을 가지고 마치 삼을 씹듯 사람들을 먹어 버린다면 어쩌지? 바다의 신(神)이 몹시 화가 나 파도를 너울지게 하여서는 온 마을을 뒤덮어 버려 흔적조차 남지 않는다면 어쩌지? 바닷물이 저 멀리로 밀려가 하루아침에 물길이 끊어져, 휑한 나무뿌리와 높다란 언덕이 밑동을 깊이 드러낸다면 어쩌지? 파도가 섬의 지반을 침

5_ 저 섬사람들: 대청도(大青島), 소청도(小青島), 월내도(月乃島), 목동도(牧洞島) 등 조니진(助泥鎭) 앞바다에 있는 크고 작은 섬에 사는 사람들을 말한다.

6_ 불타산(佛陀山)과 장산(長山): 모두 황해도 장연군에 있는 산이다.

식시켜 장구하게 들이치는 거센 물결을 토석(土石)이 버티지 못해 물결 따라 무너져 버린다면 어쩌지?

이때 누군가 "섬사람들이야 무탈하게 지내고 있으니 걱정할 것 없다네. 도리어 자네 걱정이나 하게나. 지금 바람이 불어치고 있으니 자네가 서 있는 모래산이 무너질 것 같지 않은가?"라고 하길래, 그제야 아래쪽 평지로 내려와 천천히 거닐면서 돌아왔다.

내가 동으로 불타산(佛陀山)과 장산(長山)6- 등 주위 바다에 둘러싸인 여러 산을 바라보고는 "이야말로 바다 속의 흙이로구먼!" 하고 말하자, 누군가 "그게 무슨 소리냐?"라고 물었다.

나는 이렇게 대답해 주었다.

"자네가 도랑을 판다고 생각해 보게. 덜어 낸 흙이 언덕처럼 쌓이지 않겠나? 이처럼 하늘이 바다라는 커다란 못을 파 놓았으니 그때 덜어 낸 흙이 바로 이곳의 산이 된 셈인 게지."

그러고는 그 길로 두 소년과 함께 유숙하던 곳으로 돌아왔다. 큰 술잔에 술을 가득 따르고선 서해 유람의 여흥을 씻어 냈다.

이 글은 이덕무가 시아버지의 상을 당한 사촌 누이를 서울로 데려오기 위해 황해도 장연(長淵)의 조니진(助泥鎭)에 갔을 때의 여정을 기록한 「서해 여행기」 가운데 '10월 12일 조니진에 머물면서 사봉에 오르다'를 옮긴 것이다. 자연 풍광에 대한 묘사와 그에 따른 상상력이 특히 빼어난 산문이다. 「서해 여행기」는 서울을 출발한 1768년 10월 4일부터 돌아온 10월 24일까지의 여정에 대한 기록이다.

복사나무 아래에서 한 생각

뜰에 아홉 그루의 복사나무가 있는데 그 키가 처마와 나란하다. 시원한 바람이 솔솔 불어오면 서늘한 그늘이 드리운다. 그때 아이의 손을 잡고 그 나무 아래로 가 나뭇잎을 따다가는 마음 내키는 대로 글씨를 쓴다. 그러다 해가 저물면 마루로 돌아와 문득 돌이켜 보고는 한번 웃는다. 그제야 비로소 내 마음에 꼭 맞도록 한다는 게 쉽지 않은 일임을 알겠다.

일생 동안 마음에 꼭 맞도록 처신할 수 있을까? 힘들 것이다. 좋은 수레를 타는 고관대작이나 진수성찬을 먹는 부자라고 하더라도 전혀 우환이 없을 수는 없다. 그렇다면 일 년 아니 한 달만이라도 자기 마음에 꼭 맞도록 처신할 수 있을까? 그 또한 힘들 터이다. 비록 하루라 한들 자기 마음에 꼭 맞도록 하기는 쉽지 않은 법이다. 이렇게 본다면 세상의 이치를 깨쳤다는 저 지인(至人)¹은 재앙이나 근심에 얽매임 없이 하늘 밖에서 구름처럼 노닐며 제 마음에 꼭 맞게 살아가니, 그야말로 참으로 부러운 존재라 말할 수 없을 것인가.

임오년(壬午年, 1762) 6월 21일 우거(寓居)하는 집의 첫째

1_ 지인(至人): 도가(道家)에서 진리를 터득한 사람을 이르는 말이다.

복사나무 아래에서 생각나는 대로 쓰다.

22세 때 쓴 글로, '자기 마음에 꼭 맞게 사는 일'이라는 하나의 문제에 대해 자기 생각을 옮긴 것이다. 앞에서 본 「한가함에 대하여」와 마찬가지 방식으로 글의 얼개를 짜고 생각의 갈래를 잡았다.

가난 속에 한평생

백동수라는 사람

'야뇌'(野餒)[1]란 누구의 이름인가? 나의 벗 백영숙(白永叔)[2]이 스스로 붙인 이름이다. 내가 알기에 영숙은 기개가 크고 장대한 선비인데, 그가 이처럼 고루하고 거친 사람이라 자처하는 것은 무엇 때문인가? 나는 그 이유를 알고 있다.

무릇 시세(時勢)에서 벗어나 여러 사람 틈에 끼지 않는 선비가 있으면 대번에 "저 양반, 예스러운 행동거지에 유행에 동떨어진 옷을 입은 걸 보니 필시 '촌스러운 사람'일 게야. 또 질박하게 말하고 최신 풍속을 따르지 않는 걸 보니 필시 '굶주린 사람'일 게야"라며 조롱하면서 그와 함께 어울리려 하지 않는다. 세상 모든 사람이 이렇게 대하고 보니, 이른바 '야뇌'라 자처하며 묵묵히 자신의 길을 홀로 지켜 나가던 사람도 자신과 어울려 주지 않는 세상을 한탄하곤 하는 것이다. 그래서 이들 중 어떤 사람은 자신의 예스러운 행동거지를 내던져 버리며 '야뇌'라고 자처했던 것을 후회하거나 자신의 질박한 말투를 내팽개치며 '야뇌'라고 자처했던 것을 부끄러워하면서, 점점 부박한 세태를 좇아가기도 한다. 이러한 사람을 어찌 '야뇌'라고 할 수 있겠는가? 이제 정말 '야뇌'라고 부를 만한 이도 찾아보기 어렵

1_ '야뇌'(野餒): '야'(野)란 촌스럽다·질박하다·꾸밈이 없다는 뜻이고, '뇌'(餒)는 굶주리다라는 뜻이다.
2_ 백영숙(白永叔): '영숙'은 백동수(白東脩)의 자이다.

게 되었다.

나의 벗 영숙은 예스럽고 소박하며 질박하고 진실한 사람이다. 질박하고 진실한 마음을 가졌기에 세상의 화려함을 바라지 않고, 예스럽고 소박한 마음을 품었기에 세상의 간사한 무리를 따르지 않는다. 이 때문에 세상 모든 사람이 그를 비방하고 헐뜯는다 하더라도, 영숙은 끝내 자신의 '촌스러움'을 후회하지 않고 자신의 '굶주림'을 부끄러워하지 않는다. 이렇게 본다면 영숙이야말로 참으로 '야뇌'라는 이름에 값하는 사람이 아니겠는가!

이러한 사실을 누가 알고 있는가. 나는 그 사실을 잘 알고 있다. 비록 세상 사람들이 '야뇌'라는 이름을 하찮은 것이라 여길지라도 나는 그것이야말로 그대에게 기대할 만한 이름이라 믿는다. 내 앞서 그대를 일러 이른바 '고루하고 거친 사람이라 자처한다'라고 한 것은 내 마음에 깊이 격동된 바가 있기 때문이다.

영숙은 내가 자기 마음을 알아준다고 여겨 내게 '야뇌'에 대한 설(說)을 써 줄 것을 부탁한 바 있다. 이제 마침내 이렇게 글을 지어 영숙에게 주는바, 혹여라도 교언영색(巧言令色)[3]을 일삼는 자들이 이 글을 읽게 된다면 필히 비웃으며 "이 글을 지은 자는 더욱 '야뇌'한 사람이로구먼!"이라고 욕할 터이다. 그렇다한들 내 성낼 것이 무어 있으랴.

3_ 교언영색(巧言令色): 재주 있는 언변과 친근한 체하는 얼굴로 아첨함.
4_ 한서유인(寒棲幽人): '궁벽한 데 머무는 가난한 사람'이란 뜻으로, 이덕무의 또 다른 호이다.

신사년(辛巳年, 1761) 1월 20일 한서유인(寒棲幽人)⁴이 쓴다.

절친했던 벗 백동수에게 써 준 기문(記文)이다. 기개와 의기(義氣)가 넘쳤던 백동수의
됨됨이가 '야뇌'(野餒)라는 두 글자에 담겨 선명히 부각되고 있다. 이 글이 지어진 지
10여 년 뒤인 1773년, 백동수는 서울 생활을 정리하고 강원도 산골로 들어간바, 백동
수야말로 평생 '야뇌'라는 이름에 걸맞게 살았던 셈이다.

친구 서사화를 애도하는 글

경진년(庚辰年, 1760), 나의 벗 사화(士華)의 부음(訃音)을 듣고 눈물을 떨어뜨리며 다음과 같이 애도하는 글을 짓는다.

참으로 슬프외다! 태어나고 장성하고 늙고 죽는 것은 사람의 일생에서 겪는 네 번의 변화이므로 생명 가진 사람으로서 피할 수가 없으니 이 또한 슬픈 일이외다. 몸은 아직 늙지 않았고 그 기운 또한 왕성했는데 지금 그대는 죽고 말았구려. 나이 든 늙은 사람이 죽어도 슬픈 법이거늘 그대와 같이 젊은 사람이 이 세상을 저버리다니!

좌백(佐伯)[1]이 내게 "사화가 죽었다네"라고 전해 주었을 때 나는 누군가와 이야기를 하고 있다가 그 소리를 듣고는 넋을 잃고선 "사화가 누구야? 사화가 누구야?"라며 세 번이나 반복하고는 이내 탄식하며 이렇게 말했습니다.

"우리 서군 사화가 정녕코 죽었단 말인가? 그는 평소 식사도 일정하게 하고 행동거지에도 별다른 이상이 없었는데, 그런 그가 어찌해서 죽었단 말인가? 그의 나이 이제 스물일곱에 불과하고 그 얼굴 역시 나이와 같은데, 어찌해서 그렇게 되었단 말인

1_ 좌백(佐伯): 이덕무와 이종(姨從) 족친(族親)이자 벗이었던 여좌백(呂佐伯)을 말한다.

가?"

아아! 그대의 집은 너무도 가난하여 이곳저곳 온 사방으로 이사를 다녔지요. 그런 중에도 그대는 늘, 혹여나 늙은 어머니가 굶주리지는 않으실까 걱정하곤 했지요. 그래서 내 그대를 칭찬해 남들에게 이렇게 말하기도 했사외다.

"사화는 참으로 가난한데도 그 어버이를 정성으로 모셨다지. 사화의 효성과 공순함이야말로 남들이 잘 알지 못하는 것일게야."

그대의 모친은 파뿌리처럼 하얗게 센 머리로 관(棺)을 어루만지며, "내 아들아, 내 아들아! 나를 버리고 어디를 갔느냐?"라고 통곡하고, 아름답고 연약한 아내는 어린아이를 안고 울면서, "우리 낭군님, 우리 낭군님! 어머니와 어린아이를 버려두고 어디로 갔단 말입니까?"라고 흐느끼는데, 왜 그런지 알지 못한 채 어린 딸아이도 응애응애 따라 우는구려. 그 아이가 자란다 한들 아버지의 얼굴도 알지 못할 테니, 그대도 저승에서 눈물을 떨어뜨리겠지요.

아아! 금년 봄 강가에서 그대를 만나 하루 종일 담소를 나눴는데, 그때 그대는 이렇게 말했사외다.

"내 비로소 고양(高陽)2 땅에 정착하게 되었으니 위로는 어머니를 모시고 아래로 처자를 거느리며, 좌우로는 도서(圖書)를

2_ 고양(高陽): 지금의 경기도 고양이다.

쌓아 둔 채 「범저전」(范雎傳)3-을 천 번이나 읽을 수 있게 되었답니다. 이만하면 남은 생애를 보내는 데 부족할 게 없겠다 싶습니다."

내 웃으며 "참으로 잘되었습니다. 내 곧 찾아가 뵙지요"라고 화답했는데, 그날이 그대와의 영원한 이별이 될 줄이야 그 누가 알았겠습니까!

아아! 무인년(戊寅年, 1758) 여름이었던가요? 그대와 나, 좌백(佐伯)과 운경(雲卿)4- 등이 함께 모였던 게 말입니다. 우리들은 서로 어울려 웃고 떠들며 즐거워하기를 마치 친형제처럼 했지요. 좋은 일이란 늘 있는 게 아니라더니 그때 이후 운경은 상(喪)을 당했고, 좌백은 이사를 해 떠나갔고, 그대 역시 타향으로 떠돌아다녔습니다. 내 그때 이미 사람의 일이란 변하기 쉬워 알 수 없다는 걸 알았는데, 이제 그대마저 떠나고 보니 꿈결같이 헛된 게 이 세상이란 걸 비로소 깨닫게 됩니다.

세월은 나는 새처럼 재빨리 가 버리는 법이라지요. 27년을 살다 간 그대의 삶이 꼭 그러한 것만 같습니다. 그 때문입니까? 나처럼 병이 없는 사람도 그대를 잃은 아픔에 죽을 듯이 고통스럽기만 합니다. 이제 그대의 늙은 어머니와 연약한 부인은 의지할 데 하나 없게 되었으니, 무엇을 해서 먹고살며 무엇을 해서 생활하겠는지요? 포대기 속에서 울어 대는 저 아이도 잘 자랄 것

3_ 「범저전」(范雎傳): 『사기』(史記) 열전(列傳)의 한 편명이다. 범저(范雎)는 전국 시대(戰國時代) 진(秦)나라의 재상으로, 진나라가 중국을 통일하는 데 기여한 인물이다.

4_ 운경(雲卿): 이덕무의 벗일 터인데 누구인지는 알 수 없다.

5_ 필첩(筆帖): 이름난 서예가들의 글씨를 모아 놓은 글씨첩을 말한다.

6_ 명정(銘旌): 붉은 천에 흰 글씨로 죽은 사람의 관직이나 성명 따위를 쓴 깃발.

이라 기필할 수는 없게 되었습니다.

예전 그대를 찾을 때면 한(漢)나라의 여러 서책과 진(晉)나라의 여러 필첩(筆帖)5_이 책상 위에 쌓여 있었는데 오늘 찾아온 그대의 방에는 붉은 명정(銘旌)6_과 흰 관만이 무심하게 놓여 있을 뿐이고, 예전에는 편지를 부쳐 서로의 안부를 묻곤 했는데 오늘은 이 글을 지어 그대의 혼령(魂靈)에 조문하게 되었습니다.

길이 멀고 막히어 친히 제물(祭物)을 올려 곡(哭)하지도 못하고, 또 제사를 대신 지내게 할 만한 사람도 없기에, 이렇게 다만 애도하는 글을 지어 서쪽을 향하여 크게 한 번 읽고는 불살라 버립니다.

슬프구려, 사화여! 이 마음 아시는지 모르시는지. 아아, 슬프구려!

이른 나이에 세상을 저버린, 가난했던 벗의 죽음을 애통해 하는 글이다. 서두에서 벗의 죽음을 믿을 수 없어 하는 이덕무의 모습이 애처롭다. 이때 망자(亡者) 서사화(徐士華)는 27세였고 이덕무는 겨우 20세에 불과했으니, 그 슬픔이 어떠했을지 짐작할 만하다.

누이의 죽음을 슬퍼하는 글[1]

우리 형제는

모두 4남매인데

너보다 여섯 살 많은

나는 신유생(辛酉生)[2]-이고

너와 네 여동생은

정묘생(丁卯生)과 무진생(戊辰生)[3]-이지.

정축생(丁丑生) 공무(功懋)[4]-는

우리 중 막내둥이라

어릴 때의 누나 모습

몹시도 예뻤단 걸 알지 못하지.

하지만 난 예쁘고 깜찍히 놀던

어릴 때의 네 모습이 눈에 선하다.

업힐 때는 언제나 어깨를 잡고

손을 끌 땐 언제나 두 손 잡았지.

떡 있으면 반으로 나눠서 먹고

과일도 딱 반 잘라 나눠 먹었네.

연지나 분과 같은 화장품일랑

1_ 누이의 죽음을 슬퍼하는 글: 누이에게 바친 제문(祭文)이다. '제문'이란 죽은 사람을 애도
하는 뜻을 드러낸 글로, 흔히 제물(祭物)을 올리고 축문(祝文)처럼 읽는다.

2_ 신유생(辛酉生): 1741년에 태어났다는 말이다.

3_ 정묘생(丁卯生)과 무진생(戊辰生): 각각 1747년과 1748년에 태어났다는 말이다.

4_ 공무(功懋): 생몰년 1757~1825년. 자는 무상(懋賞)이다. 규장각(奎章閣) 검서관(檢書
官)과 양천현감(陽川縣監)을 지냈다.

고르게 분배해 좌우에 뒀고

아름다운 꽃과 나무 화분은

위아래로 가지런히 놓아두었지.

내가 경서(經書)와 사서(史書) 읽을 땐

함께 앉아 소곤대며 글을 외웠고

삼강(三綱)과 오륜(五倫)에 대한 것들도

둘이 함께 얘기하며 해석해 봤지.

지독한 흉년 들어 먹을 게 없고

어머니는 아프신 데 많았는데

우리 집은 강가로 옮겨 갔으니

을해년(乙亥年)과 병자년(丙子年) 그 해였지.5_

그때 먹던 나물죽과 쑥죽은

가시처럼 목구멍을 찌르곤 했고

반찬이라 콩나물과 막장뿐인데

등불이 나물죽 휑하니 비추었지.

어쩌다 비린 생선 남은 것을

뱃전에서 여종이 주워 오면

머리를 맞댄 채 함께 먹으며

그것으로 어머니를 위로했네.

멀리 출타하신 아버지께서

5_ 을해년(乙亥年)과~그 해였지: 1755년과 1756년, 이 두 해에 걸쳐 특히 흉년이 심했다고
한다. 나라에서는 금주령을 내리는 한편 죽을 쑤어 기민을 구휼했다는 기록이 전한다.

오랜만에 집에라도 오신 날에는

굶주렸던 일일랑은 표 안 냈으니

괜한 근심 끼칠까 봐 염려해서지.

몹시도 기뻤지만 떠날 것이 또 걱정돼

아버지 옷깃 부여잡고 뱅글뱅글 맴돌았지.

누이야! 너는 꽃다운 열여덟에

서씨(徐氏) 집에 시집갔지.

네 남편 서군(徐君)[6]은 인품이 훌륭하고

용모도 퍽 준수하였지.

딸은 지혜롭고 사위 듬직하다면서

부모님 몹시도 기뻐했는데

그 이듬해 여름 지나

어머니 영영 세상 등지셨구나.

우리 형제 통곡하고 흐느끼면서

애통함을 뼛속 깊이 새겼더랬지.

그래선가 평소보다 우리 형제들

더더욱 서로에게 힘이 되었네.

네 동생은 어머니 상(喪) 마치고 나서

원씨(元氏) 집의 며느리가 되었더랬지.[7]

6_ 네 남편 서군(徐君): 서이수(徐理修, 1749~1802)를 말한다. 이덕무와 함께 규장각 초대
검서관을 지냈다.

7_ 원씨(元氏) 집의 며느리가 되었더랬지: 이덕무의 둘째 여동생은 원유진(元有鎭)에게 시
집갔다.

저마다 아들 하나 안고 와서는
옛일을 생각하며 슬퍼했지.
그리우면 너희 집에 찾아갔는데
밤중이라도 반겨 주었지.
근래에 와 너희 집이 애처롭게도
굶주림과 추위를 달고 살아서
땔감도 마음대로 땔 수가 없고
반찬도 제대로 못 올렸지.
비록 너는 태연한 척하였지마는
네 얼굴엔 부황기가 완연했으며
기침 소리 거칠어 끊이지 않고
어깨에는 담까지 결렸더구나.
지난해 여름에는
약이라도 먹여 볼까 데려왔건만
네 시아버지 갑자기 세상 버리니
곡(哭)하며 너희 집에 되돌아갔지.
겨울에 또 네 병이 도졌다고 해
내가 가서 네게 약을 달여 주고는
우리 집에 다시금 데려왔는데
누운 채로 각혈하고 기침만 할 뿐

그렇게 겨울 나고 봄이 왔건만
끝끝내 너의 병은 낫지 않더라.
오래도록 친정에 머물 수 없어
시댁으로 돌아가 말씀 올렸네.
그땐 이미 여위어서 뼈만 앙상해
약으로도 더 이상 도리 없었네.
늦봄에 우리 집에 다시 왔건만
나으리란 기대는 하지 않았지.
늙고 쇠한 아버지 그 몸으로도
온 힘을 다해서 널 간호했네.
부엌엔 땔감도 떨어졌건만
반드시 고기반찬 올려놓았고
그나마 너에게 먹여 보려고
언제나 네 곁에서 돌보셨단다.
내 아내는 널 위해 죽을 쑤었고
서모(庶母)는 네 이마 짚어 주었지.
몸종이 말동무가 되어 주어도
슬프게도 괜찮다며 손 내저었지.
너는 이미 죽을 줄 알았으면서
네 마음은 동요함 전혀 없었네.

여동생이 영결(永訣)의 말 전하려고 와
네 뺨에 눈물을 떨구더구나.
너는 그저 아무 말도 하지 못한 채
눈물만 글썽이며 쳐다보았지.
차마 어찌 그 모습을 지켜볼 건가
하늘도 침침하게 흐려졌더군.
네 남편 서군이 와 살펴보고는
"무슨 할 말 없소?" 하고 물어보니깐
"아무 할 말 없어요" 답을 하고선
저녁밥만 권해 올릴 뿐이더구나.
6월 3일 그날을 어찌 잊겠니
폭우가 쳐 온 사방이 어두웠지.
그 전날 저녁부터 아침까지는
온 집안 식구가 굶었는데
네가 알고 몹시도 불편해 하더니
너의 병세 그 때문에 더 악화됐나?
네 아이를 그때 마침 돌려보냈는데
갑자기 네가 숨을 거두더구나.
늙으신 어버이는 흐느껴 울고
부모와 자식, 남겨진 모든 형제가

애고애고 세 번 곡을 하는데

그 소리 지극히도 애통터구나.

이제 너는 영원히 잠들었으니

애통한 이 소리도 못 들을 테지.

아버지는 상례(喪禮)를 상고해 보고

유모는 너를 씻어 수의(壽衣) 입혔네.

나와 네 남편 서군이 함께

몹시도 엄정하게 염(斂)[8]을 하는데

염하는 손 덜덜덜 떨리어 오고

이마에선 땀이 줄줄 흐르더구나.

너의 시집 식구들과

나의 벗들 가운데서

군자답고 인자한 이들

장례를 치르라고 부의(賻儀)[9]해 줬지.

9일 만에 너의 장례 치르고서는

너의 시댁 선영(先塋)에 모셨더란다.

돌아가신 어머니의 우리 4남매

저마다 한 가지씩 어머닐 닮아

네게 있는 어머니의 남겨진 모습

헌칠하게 큰 키가 그것일 테지.

8_ 염(斂): 망자(亡者)의 눈이나 코 등 구멍을 죄다 막고 옷을 입힌 뒤 염포(斂布: 망자를 묶는 끈)로 꽁꽁 묶는 장례 의식의 하나를 말한다.

9_ 부의(賻儀): 상가(喪家)에 부조로 보내는 돈이나 물품. 또는 그런 일.

만약 나의 경우라면 어머니에게
널따란 이마를 받은 것이지.
여동생은 그 말씨 쏙 빼닮았고
공무는 머릿결 닮았더랬지.
저마다 닮은 모습 쳐다보면서
어머니를 잃은 슬픔 달랬는데
이제 그만 헌칠한 널 볼 수 없으니
애통한 이 마음을 어찌 견디랴!
내 가끔 너희 집에 가게 되면
어느 때고 너는 나를 반겨 주었지.
남에게서 바느질품을 팔아서
상자에 모아 둔 품삯 꺼내선
여종에게 술을 사 오게 하여
웃으면서 내 앞에 놓아 주었지.
술잔에다 내가 그 술 조금 따라서
너에게 권하면 너는 마셨고
안주와 과일을 떼어다가는
어린 아들 아증(阿曾)[10]에게 먹이곤 했지.
이제는 백만 번을 찾아가 본들
눈에 가득 차 오는 건 슬픔뿐이리!

10_ 아증(阿曾): 이덕무의 죽은 누이의 아들이다. 당시 다섯 살이었다고 한다.

지난 가을엔 네 여동생이
협현(峽縣)으로 이사를 하려 했는데
그때 마침 네 병세가 극심해져서
서글픈 맘 어찌할 바 몰랐네.
해마다 어머니의 기일(忌日)이 되면
너희 둘과 제사를 모셨는데
올해에는 어머니 기일이 오면
내가 더욱 비통함에 잠기겠구나.
네가 끝내 못 일어날 걸 알았으면서
네 여동생 먼 곳에다 보내었으니
내년의 어머니 기일에는
네 동생과 너의 자리 모두 비겠네.
올해 5월 막내둥이 우리 공무도
남양(南陽) 홍씨(洪氏) 아내를 맞이했는데
사모관대 차림으로 차려입고선
의젓하게 혼례를 마쳤더란다.
병든 중에 슬픔까지 겪고 보니간
새색시 맞이하기 힘들어 하더라.
일마다 내겐 죄다 상심이 되니
내 죽으면 이 고통 잊게 될는지!

네가 이 세상에서 내 동생 된 지
이제 꼭 스물여덟 해가 됐구나.
그동안 비록 하루라 한들
형제간의 정의(情誼)를 잃은 적 없지.
네 남편 서군도 그렇다면서
"그 사람 저의 아내가 되어
11년 동안 함께 살면서
말수가 참으로 적었지요.
천성은 조용하고 담박하여서
번잡함 없는데다 단아했고요.
편협하고 사나운 맘 품지 않았고
조급하고 경박한 짓 하질 않았죠.
동서끼린 서로 간에 화목하여서
조금도 틈이 없었습니다."
여자의 품행이 이와 같다면
그 후손이 잘되는 게 당연하거늘,
다섯 살 난 어린 자식 아증을 보니
네가 앓은 병을 함께 앓는지
누렇게 뜬 얼굴에 기침을 하니
네 얼굴을 보는 것 같기만 하네.

그렇지만 이 아이 잘 보살펴
못다 한 너의 아픔 위로하련다.
평소에 남들이 나를 보고서
형제가 몇이냐고 물어보면
누구는 이렇고 누군 이러니
동기가 넷이라고 대답했는데
이제는 남들이 물어보아도
넷이라고 대답해 줄 수 없구나.
이제 네 몸 딱딱히 굳어 있으니
살을 후벼 파는 듯 맘이 아프네.
형이 되어 아우 죽음 애달파하고
아우 되어 형의 죽음 슬퍼하는 건
그 이치 불을 보듯 명백하여서
도무지 어찌할 수가 없지.
이제 너의 죽음을 겪고 보니깐
참으로 원통하고 참혹하구나.
너는 비록 편안할지 모르겠으나
내 죽으면 그 누가 곡해 줄는지.
아득하고 컴컴한 흙구덩이에
차마 어찌 옥 같은 널 묻을 수 있나?

11_ 상향(尙饗): 보잘것없지만 흠향(歆饗)하라는 뜻이다.

아아, 슬프다!

상향(尚饗). 11_

스물여덟 살에 생(生)을 마감한 누이동생을 애도하는 글이다. 누이와 함께했던 고단하
면서도 행복했던 기억을 별다른 여과나 수식 없이 진솔하게 그려 내고 있다. 이 글을 읽
다 보면 글 전편에 스며 있는 이덕무의 슬픔이 글 밖으로 전해져 한동안 가슴이 먹먹해
지곤 한다.

벗을 슬퍼하는 제문

부처의 깨우침 중에
'사람이 나고 죽는 건
포말(泡沫)이요 파초(芭蕉) 같다'는 말이 있는데
생사(生死)란 본시 이런 것이지.
포말이 비록 사라지긴 잘하지만
그래도 새롭게 일어날 줄 알고
파초라 하는 것도 묵은 뿌리 남아 있어
다시금 무성하게 살아나는 법이거늘,
이제 그대의 포말은
한 번 꺼져 사라지면 그것으로 그만이고
지금 그대의 파초는
또다시 푸르기를 기약하기 어렵구나.
한 번 가면 다시는 돌아오지 못하는데
뒤 이을 자식도 두지를 못하여서
그대 자취 영원히 전할 수도 없게 되니
그대 인연 예서 그만 끝이란 말가!
혹시라도 자식이 있었다면야

필시 그대 얼굴을 닮았을 테니

수시로 내가 가서 얼러 주면서

그대를 떠올리며 기뻐했겠지.

그렇건만 그대는 몇 장의 묵적(墨蹟)[1]만을

상자 속에 남겨 둔 채 떠나갔구나.

그대를 생각하며 남긴 묵적 읽어 보니

정신이 그만 아득해지네.

나의 안부 묻는 말

방금 입에서 나온 듯하고

빽빽이 쓴 몇 행의 글씨

지금 막 그대 손에서 나온 듯하여

꼭 서로 만날 수 있을 것만 같은데

아뿔싸 그럴 수 없는 일이네.

동문(東門)[2]의 동편에는

5리 남짓 늘어선 채

한들거리는 단풍나무

알맞게 붉었구나 서리를 맞아.

그 아래서 술 마시며 함께 놀자고

나한테 약속하지 않았었나.

그 말 한 지 한 달도 채 못 되었는데

1_ 묵적(墨蹟): 먹 흔적, 곧 남겨진 글이나 글씨를 말한다.
2_ 동문(東門): 한양성의 동문을 말한다.

그대는 어찌해서 이리 되었나.
단풍잎은 아직도 곱기만 하고
술잔에도 좋은 술 남았건마는
그대 홀로 이 세상을 잊어버려서
더 이상은 듣고 볼 수 없게 됐구나.
이름난 선비 집안 후예가 되어
훌륭한 선비 행실 닦았더랬지.
품행은 단정하고 자상했으며
용모도 퍽 아름다웠네.
벗들은 진심으로 흠모하여서
은연중에 그대를 의지했지.
그대 몸 진중히 하길 바라며
복록(福祿)이 영원하길 기대했는데
요절하여 남겨진 자식도 없고
그 이름도 사적(史蹟)에 실리지 못했네.
붉은 명정 더없이 쓸쓸한데다
미관말직 벼슬 이름 적혀 있을 뿐.
찬 겨울 시월이라
그대 상여 더 이상 머물지 못하네.
제문(祭文)을 잡고서 길게 곡하며

그대를 먼 곳으로 보내려 하니
어둡고 황량한 저승길에서
그대는 귀 기울여 들어줄는지.

벗의 죽음에 대한 안타까움과 슬픔이 가득한데, 젊은 시절 세상을 버렸기에 더욱 그러하다. 이른 나이에 절친했던 친구를 먼저 보낸 경험이 있는 이라면 누구나 느꼈을 슬픔이고 아픔이다.

먹을 게 없어 책을 팔았구려

내 집에 있는 좋은 물건이라고 해 봐야 『맹자』(孟子)라는 책 하나가 고작인데, 오랜 굶주림을 견디다 못해 돈 2백 푼에 팔고 말았소이다.

그 돈으로 배부르게 밥을 지어 먹고는 희희낙락하며 영재(泠 齋)1_에게 달려가 내 처신이 어떠냐고 한바탕 자랑했더랬지요. 영재 역시 오래도록 굶주림에 시달린 터라, 내 말을 듣고는 그 즉시 『춘추좌씨전』(春秋左氏傳)2_을 팔아 버리고선 그 남은 돈으 로 술을 사 와 내게 대접하더이다. 그러니 맹자(孟子)가 친히 밥 을 지어 내게 먹이고 좌구명(左丘明)이 손수 술을 따라 내게 권 한 것과 다를 게 무어 있겠습니까?

그날 영재와 나는 "우리가 이 책들을 팔지 않고 읽기만 했더 라면 어찌 조금이나마 굶주림을 면할 수 있었겠나?"라고 하면 서, 맹씨(孟氏)와 좌씨(左氏)를 칭송하기를 그치지 않았습니다.

그때 문득, 진실로 글을 읽어 부귀를 구하는 것이 요행을 바 라는 얄팍한 술책일 뿐이요, 책을 팔아 잠시나마 배부르게 먹고 술이라도 사 마시는 게 도리어 솔직하고 가식 없는 행동이라는 걸 깨닫게 되었으니, 참으로 서글픈 일이외다. 족하(足下)3_는

1_ 영재(泠齋): 유득공의 호.
2_ 『춘추좌씨전』(春秋左氏傳): 중국 춘추 시대(春秋時代) 노(魯)나라의 태사(太史) 좌구명 (左丘明)이 공자(孔子)의 『춘추』(春秋)를 풀이한 책. 흔히 춘추좌전(春秋左傳)·좌씨전 (左氏傳)·좌전(左傳) 등으로도 불린다.
3_ 족하(足下): 상대를 높여 부르는 말. 여기서는 이서구를 말한다.

어떻게 생각하실는지요?

가난한 선비의 삶이 짧은 편지 속에 가식 없이 드러나 있다. 시종 유머러스하게 써 내려
갔지만, '부귀를 얻기 위해 글을 읽기보다는 차라리 책을 팔아 끼니라도 잇는 게 낫다'
라는 마지막 대목에 이르면, 단순히 해학적인 글이라고만은 할 수 없다. 그 속에 서글프
면서도 불우한 심정이 짙게 배어 있기 때문이다.

가장 큰 즐거움

나 자신을 친구로 삼아

눈 오는 아침이나 비 오는 저녁에 다정한 친구가 오지 않는다면, 과연 누구와 얘기를 나눌 수 있을까? 시험 삼아 내 입으로 직접 글을 읽어 보니 나의 귀가 들어주었고, 내 손으로 직접 글씨를 써 보니 나의 눈이 보아 주었다. 내 이처럼 나 자신을 친구로 삼았으니 다시 무슨 원망이 있을 것인가.

선비로서의 유유자적한 삶의 자세나 세상에 대한 맑은 상념을 짧은 글 속에 담아 놓았다. 이런 글을 일러 '청언'(淸言)이라 하는데, '가장 큰 즐거움', '산의 마음, 물의 마음, 하늘의 마음'에 실린 글들이 모두 청언에 해당한다.

가장 큰 즐거움

　마음에 맞는 계절에 마음에 맞는 친구를 만나 마음에 맞는 말을 나누며 마음에 맞는 시와 글을 읽는 일, 이야말로 최고의 즐거움이라 할 것이다. 그러나 이런 기회는 지극히 드문 법, 평생토록 몇 번이나 만날 수 있을는지.

요즘 사람들에게 '가장 큰 즐거움'이 뭐냐고 묻는다면 어떤 대답을 듣게 될까? 대답을 듣지 않는 편이 나을지도 모른다. 돈이면 뭐든지 얻을 수 있다는 듯 부추기는 오늘날, 이런저런 생각에 잠기게 하는 글이다.

지기를 얻는다면

만약 내가 지기(知己)를 얻는다면 이렇게 하겠다.

10년 동안 뽕나무를 심고 1년 동안 누에를 길러 내 직접 오색실을 물들인다. 10일에 한 가지 빛깔을 물들인다면 50일이 되면 다섯 가지 빛깔은 물들일 수 있을 것인바, 따뜻한 봄이 되면 물들인 오색실을 햇볕에 말린 후 내 아내에게 훌륭한 바늘을 가지고 내 벗의 얼굴을 수놓게 하고선 거기에 기이한 비단 장식을 하고 좋은 옥으로 축(軸)을 하여 두루마리를 만들어 둘 테다. 이것을 높은 산, 맑은 물이 흐르는 곳에 펼쳐 두고선 말없이 바라보다가 저물녘이 되면 돌아오리라.

'지기'(知己)란 자기 마음을 온전히 알아주는 친구이다. 이런 친구를 얻는다면 이렇게 하겠다는 이덕무의 말에서, 친구에 대한 깊은 정(情)을 느낄 수 있다.

나의 친구

친구가 없다고 한탄할 까닭이 어디 있을까. 책과 함께 노닐면 되는 것을. 혹여 책이 없다면 저 구름이나 노을을 벗으로 삼고, 혹여 구름이나 노을이 없다면 하늘을 나는 기러기에 내 마음을 의탁할 것이다. 만약 기러기도 없다면 남쪽 마을의 회화나무를 벗 삼고, 그게 아니라면 원추리 잎에 앉은 귀뚜라미를 관찰하며 즐길 것이다. 요컨대 내가 사랑해도 시기하거나 의심하지 않는 모든 것이 나의 좋은 친구인 것이다.

'내가 사랑해도 시기하거나 의심하지 않는 모든 것이 나의 좋은 친구'라는 마지막 구절에 오래도록 눈길이 간다.

일 없는 날에는

일 없는 낮에는 흰 하늘을 보고, 일 없는 밤에는 가만히 눈을 감는다. 흰 하늘을 보고 있노라면 마음이 평탄해지고, 가만히 눈을 감고 있노라면 마음이 평온해진다.

이 글을 읽노라면 저절로 고요하고 평온한 마음이 된다.

가난한 형제의 독서 일기

을유년(乙酉年, 1765) 겨울 11월의 일이다.

형재(炯齋 : 이덕무의 서재)가 너무 춥기에 뜰아래 있는 조그
마한 초가집으로 짐을 옮겨 기거하였다. 하지만 그 집도 매우 누
추하여 벽에 언 얼음은 뺨을 비추고 구들의 연기는 눈을 맵게 했
다. 게다가 아랫목은 움푹 꺼져 그릇을 놓으려다 물을 쏟기 일쑤
였다. 그뿐만이 아니다. 해가 비쳐 쌓였던 눈이라도 녹으면 썩은
띠풀에서 장국처럼 누리끼리한 물이 뚝뚝 떨어지곤 했는데, 혹
손님이 찾아온 날 그 더러운 물이 그의 도포에 떨어지기라도 하
면 손님은 깜짝 놀라 자리에서 일어날 수밖에 없었다. 그때마다
나는 사과를 하면서도 게으른 천성 탓에 여태 집을 수리하지 못
하고 있었다.

어린 아우[1]와 그대로 기거한 지 이제 벌써 석 달이 되었다.
그래도 글 읽는 소리는 그치지 않았고, 그동안 이미 세 차례나
큰 눈을 겪었다. 이웃에 사는 작달막한 늙은이는 큰 눈이 오기만
하면 대로 엮은 비를 가지고 새벽같이 찾아왔는데, 사립에 들어
와서는 혼자 이렇게 중얼거리곤 했다.

"딱한 일이구면. 연약한 형제분들이 이 추위를 어찌 견디려

1_ 어린 아우: 열여섯 살 터울의 동생 공무(功懋)를 말한다. 이때 공무의 나이 열 살이었다.

나."

　이웃 늙은이는 먼저 길을 내고, 문밖에 벗어 놓아 눈에 파묻힌 신발들을 찾아내 말끔히 눈을 턴 뒤, 뜰의 눈을 말끔히 쓸어모아 세 덩어리를 만들어 놓고 가곤 했다. 그럴 때 나는 이불 속에서 옛글을 서너 편이나 외곤 하였다.

　이제는 날씨가 제법 풀렸기에 책들을 챙겨 서쪽 내 서재로 다시 옮겨야 하건만, 왠지 연연(戀戀)한 마음이 들어 쉽게 떠나지 못한 채 이리저리 서너 번을 왔다 갔다 하였다. 하지만 이내 몸을 일으켜 곧바로 내 서재로 가서는 쌓인 먼지를 털어 내고 붓과 벼루를 정돈하고는 책들을 점검하였다. 그런 뒤 서재에 앉아 보니 오랜 객지(客地) 생활 끝에 비로소 제 집에 돌아온 것만 같은 기분이 들었다. 흡사 친지들이 나와 내게 인사하는 양 붓과 벼루와 책들이 내게 인사하는 듯했는데, 아직 생소하긴 했지만 사랑스러워 꼭 안아 주지 않을 수 없었다. 모르겠다, 이런 걸 인정(人情)이라 하는 것인지.

　병술년(丙戌年, 1766) 정월 보름에 쓰다.

가난한 이들에겐 겨울이 더 춥게 마련이다. 하지만 이 글을 읽다 보면 훈훈한 마음이 들게 되니, 비록 몸은 춥더라도 그 마음만은 따뜻하기 때문이다. 가난하지만 책 읽기만은 그칠 수 없었다는 이덕무의 말이 참 절실하게 다가온다.

어리석은 덕무야!

가난해서 반 꿰미의 돈1_도 저축하지 못한 주제에 가난에 시
달리는 온 천하 사람들을 위해 은택을 베풀 것을 생각하고, 노둔
해서 한 권의 책도 제대로 읽지 못하는 주제에 천고(千古)의 온
갖 경전과 사서(史書)를 읽으려 하니, 이는 오활한 자가 아니면
바로 어리석은 사람이다.

아, 덕무야! 아, 덕무야! 네가 바로 그런 사람이로다!

1_ 반 꿰미의 돈: 예전에는 엽전을 끈에 묶어 두었기에 '꿰미'란 말을 썼다. '반 꿰미의 돈'은
얼마 되지 않는 돈을 말한다.

오활하고 어리석은 사람을 요즘 말로 고쳐 부른다면, 현실에 꾀바르게 적응하기는커녕
고집스레 자기 원칙만을 따지는 답답하고 고루한 이상주의자라 할 것이다. 예나 지금
이나 이런 사람은 외톨이이기 쉽다. 하지만 이런 사람이 하나라도 있는 사회와 그렇지
않은 사회는 분명 뭐가 달라도 다를 것이다. 이런 '오활하고 어리석은 사람'이 한 사람
도 없다면 그 사회는 모두 꾀돌이들만 넘쳐나는, 그야말로 각박한 세상이 되지 않을까.

가난

　가장 뛰어난 사람은 가난을 편안히 여긴다. 그 다음 사람은 가난을 잊어버린다. 가장 못난 사람은 가난을 부끄러워해 감추기도 하고, 남들에게 자신의 가난을 호소하기도 하고, 그 가난에 그대로 짓눌리기도 한다. 그러다 결국 가난에 부림을 당하고 만다. 이보다도 못난 사람이 있으니, 바로 가난을 원수처럼 여기다가 그 가난 속에서 죽어 가는 사람이다.

이 글대로라면, 요즘 사람들은 거의 대부분 '가장 못난 사람'에 속할 듯하다. 가난에 대해 참 많은 생각을 하게 만든다.

한사(寒士)의 겨울나기

몇 해 전 겨울,¹ 떠풀로 엮은 조그마한 집이 너무 추운 나머지 입김이 서려 성에가 되어 이불깃에서는 와삭와삭 소리가 날 정도였다. 내 비록 게으른 사람이지만 어쩔 수 없이 한밤중에 벌떡 일어나 『한서』(漢書)² 한 질(帙)을 이불 위에 죽 덮고서는 조금이나마 추위를 막아 보려 하였다. 만약 그렇게 하지 않았다면 필시 진사도(陳師道)처럼 얼어 죽는 신세³를 면치 못했을 것이다.

어젯밤에는 집 뒤편으로 다시 매서운 바람이 불어와 등불이 몹시 흔들렸다. 한참을 생각하다가 마침내 『논어』(論語) 한 권을 뽑아 바람막이로 삼고선 변통하는 수단이 남달랐다고 나 혼자 뇌까려 보았다.

옛사람 중에 갈대꽃으로 이불을 만든 이가 있었다지만 이는 특별한 경우에 불과하며, 금과 은으로 행운을 가져다준다는 짐승을 조각해 병풍을 만든 이도 있었다지만 이 또한 너무 사치스러워 본받을 건 못 된다. 이 모두 내가 『한서』로 이불을 만들고 『논어』로 바람막이 병풍을 삼은 것만 못한 것이리라. 나의 일이 어찌 한나라 왕장(王章)이 소가죽을 덮은 것과 두보(杜甫)가 말

1_ 몇 해 전 겨울: 1760년, 1761년의 겨울이다.
2_ 『한서』(漢書): 중국 후한(後漢) 시대의 역사가 반고(班固)가 저술한 역사서로, 서한(西漢)의 역사를 기록했기에 『서한서』(西漢書)라고도 한다.
3_ 진사도(陳師道)처럼 얼어 죽는 신세: 한겨울인데도 솜옷이 없어 여름옷을 입고 야외에 제사를 지내러 갔다가 한질(寒疾)에 걸려 죽었다는 송(宋)나라 시인 진사도의 일을 말한다.
4_ 한나라 왕장(王章)이~말안장을 덮은 것: 두 사람 모두 청빈하여 이런 방법으로 추위를 막아 보려 했다는 고사(故事)가 전한다.

안장을 덮은 것[4]_보다 못하다 하겠느냐?

  을유년(乙酉年, 1765) 겨울 11월 28일에 기록한다.

빈궁한 선비의 겨울은 더 춥게 마련이다. 『논어』와 『한서』로 추위를 막아 보려 했다는
이덕무의 말에서 정겨우면서도 애잔한 기분을 느끼게 된다.

빈궁한 귀신과 바보 귀신

귀신을 울릴 만큼 시(詩)를 잘 짓거나 조물주의 솜씨를 빼앗을 만큼 글씨를 잘 쓰거나 놀랄 만큼 신묘(神妙)한 경지로 그림을 그리는 사람이라면 필시 빈궁한 귀신과 바보 귀신이 끼었을 것이다. 그들은 대개 청빈(淸貧)하니 이는 빈궁한 귀신이 붙었기 때문이요, 그들 중 태반은 세상일을 알지 못하니 이는 바보 귀신이 붙었기 때문이다.

예술적 천재를 지닌 이들 중 많은 경우 광기(狂氣)를 가졌다고 하고 이를 일러 '예술적 광기'라고도 하는데, 이덕무는 천재적인 시인과 화가들에게 '빈궁한 귀신'과 '바보 귀신'이 붙었다고 했다.

책만은 버릴 수 없어

늘름한 외양의 한 장부(丈夫)가 나의 귀에다 대고 이르기를,

"세상을 한탄하는 마음을 버려라."

라고 하기에,

"어찌 감히 말씀대로 하지 않겠습니까?"

라고 하였고,

"성내는 버릇을 버려라."

라고 하기에,

"어찌 감히 말씀대로 하지 않겠습니까?"

라고 하였고,

"남들을 시기하는 마음을 버려라."

라고 하기에,

"어찌 감히 말씀대로 하지 않겠습니까?"

라고 하였고,

"자만심을 버려라."

라고 하기에,

"어찌 감히 말씀대로 하지 않겠습니까?"

라고 하였고,

"네 조급한 성질을 버려라."

라고 하기에,

"어찌 감히 말씀대로 하지 않겠습니까?"

라고 하였고,

"게으름을 버려라."

라고 하기에,

"어찌 감히 말씀대로 하지 않겠습니까?"

라고 하였다.

이윽고 그가,

"서책에 대한 욕심을 버려라."

라고 하기에, 속으로 어이없어 하며 뚫어지게 그를 보면서 이렇게 말하였다.

"도대체 글을 즐겨 하지 않는다면 무엇을 좋아해야 한단 말입니까? 나를 귀머거리와 장님으로 만들 작정이십니까?"

이 말에 그 장부는 껄껄 웃으며 내 등을 어루만지며,

"너를 한번 시험해 본 것일 뿐이다."

라고 하였다.

모든 것을 다 버릴 수 있지만 책만은 버릴 수 없다는 점을 재치 있게 밝히고 있다. 독서광(讀書狂) 이덕무의 면모가 새삼스러운 한편으로, 오늘날 우리에게 버릴 수 없는 것은 무엇일지 생각하게 한다.

슬픔과 독서

지극한 슬픔이 닥치게 되면 온 사방을 둘러보아도 막막하기만 해서 그저 한 뼘 땅이라도 있으면 뚫고 들어가 더 이상 살고 싶은 생각이 없어진다. 하지만 나는 다행히도 두 눈이 있어 글자를 배울 수 있었다. 그래서 나는 지극한 슬픔을 겪더라도 한 권의 책을 들고 내 슬픈 마음을 위로하며 조용히 책을 읽는다. 그러다 보면 절망스러운 마음이 조금씩 안정된다. 만일 내가 온갖 색깔을 볼 수 있는 눈을 가졌다 해도 서책을 읽지 못하는 까막눈이라면 장차 무슨 수로 내 마음을 다스릴 수 있을 것인가.

극심한 슬픔에 빠진 사람이 할 수 있는 일이란 무엇일까? 이덕무는 책을 읽어 마음을 다스린다고 했다. 이덕무에게는 독서가 온갖 어려움을 해결하는 최선의 방책이었던 셈이다. 가난과 병으로 고생하면서도 끝내 책만은 버리지 못한 것은 이런 이유 때문일지도 모른다.

나의 일생

　낙숫물을 맞으면서 헌 우산을 깁고, 섬돌 아래 약 찧는 절구를 괴어 두고, 새들을 문생(門生)으로 삼고, 구름을 친구로 삼는다.
　이런 형암(炯菴)1_의 일생을 두고 "그것 참, 편안한 생활이군"이라고 말하는 사람이 있으니, 참으로 우습다, 참으로 우스워!

1_ 형암(炯菴): 이덕무의 호이다.

한마디로 '하릴없는 삶'이다. 자신을 알아주지 않는 세상에서 어찌할 수 없어 이렇게 살 따름이건만, 이런 삶도 남들에겐 그럴듯해 보이는가 보다. 그래서 참 우습다고 했다. 아이러니가 짙은 글이다.

내 가슴속에는

　간사한 사람의 가슴속에는 다른 사람을 해하려는 쇠창이 한 섬 들어 있고, 세속(世俗)에 물든 사람의 가슴속에는 더러운 때가 한 섬 들어 있고, 고아한 선비의 가슴속에는 맑은 얼음이 한 섬 들어 있다. 강개한 선비의 가슴속은 분하고 비통해 온통 서글픈 가을빛이고, 기절(奇節)한 선비의 가슴속에는 여러 갈래로 뻗친 마음에 대나무와 돌들이 가득하다. 오직 대인(大人)만은 마음이 평탄하여 가슴속에 아무런 물건도 없다.

이 글을 읽으며 지금 내 가슴속에는 무엇이 들어 있는지 조용히 생각해 본다.

책을 읽어 좋은 점 네 가지

최근 들어 깨닫게 된 일이 있다. 일과(日課)로 정해 두고 책을 읽으면 네 가지 유익함이 있다는 것이다. 여기에는 박식하고 정밀하게 된다거나 고금(古今)에 통달하게 된다거나 뜻을 지키고 재주를 키우는 데 보탬이 되는 것은 포함되지 않는다. 그렇다면 내가 말하는 유익함이란 무엇인가?

약간 배가 고플 때 책을 읽으면 그 소리가 훨씬 낭랑해져 글에 담긴 이치를 맛보느라 배고픈 줄도 모르게 되니 이것이 첫 번째 유익함이요, 조금 추울 때 책을 읽으면 그 기운이 그 소리를 따라 몸속에 스며들면서 온몸이 활짝 펴져 추위를 잊게 되니 이것이 두 번째 유익함이요, 근심과 번뇌가 있을 때 책을 읽으면 내 눈은 글자에 빠져 들고 내 마음은 이치에 잠기게 되어 천만 가지 온갖 상념이 일시에 사라지니 이것이 세 번째 유익함이요, 기침앓이를 할 때 책을 읽으면 기운이 통창해져 막히는 바가 없게 되어 기침 소리가 돌연 멎게 되니 이것이 네 번째 유익함이다.

만약 춥거나 덥지도 않고 배고프거나 배부르지도 않으며, 마음은 더없이 화평하고 몸은 더없이 편안한데다, 등불은 환하고 서책은 가지런하며 책상은 깨끗이 닦여 있다면, 책을 읽지 않고는 못 배길 것이다. 하물며 고원한 뜻과 빼어난 재주를 겸비한 건장한 젊은이가 책을 읽지 않는다면 달리 무엇을 할 수 있겠는가. 나의 동지(同志)[1]들이여, 분발하고 분발할지어다!

1_ 동지(同志): 뜻을 같이하는 사람이란 뜻. 여기서는 특히 이덕무와 책 읽기에 대한 견해가 같은 사람을 말한다.

다른 글에서도 이덕무는 마치 '책을 읽기 위해 태어난 사람'처럼 독서에 대해 강조해 말한 바 있다. 하지만 이 글에서 피력하는 '책을 읽어 좋은 점 네 가지'는 이덕무만의 독특한 독서 체험이 녹아 있다는 점에서 여느 글과는 전혀 다른 유익함을 전해 준다. 이덕무는 정말 '책밖에 모르는 바보'였던 듯하다.

번뇌가 닥쳐오거든

번뇌가 닥쳐올 때 가만히 눈을 감고 앉았노라면 눈 속에 하나의 빛나는 세계가 펼쳐진다. 붉기도 하고 푸르기도 하며 검기도 하고 희기도 한 것이 눈앞에 나타났다 어느새 사라지니 말로는 형용할 수가 없다. 어느 순간엔 뭉게뭉게 구름으로 피었다가, 또 어느 순간엔 넘실넘실 물결로 출렁이다가, 또 어느 순간엔 수 놓인 비단 장식이 되었다가, 또 어느 순간엔 하늘하늘 꽃잎이 되기도 한다. 때론 반짝이는 구슬 같기도 하고 때론 뿌려 놓은 알곡 같기도 해서 순식간에 변화하고 번번이 새로운 게 된다. 이러다 보면 한때의 번민과 근심도 싹 사라지고 만다.

이덕무 나름의 '번뇌 다스리기'인 셈인데, 그것이 퍽 재미있어 보인다. 특별히 깊이 있는 내용이 있는 건 아니지만 짧은 문에 산문으로는 손색이 없는 글이다.

구름과 물고기를 보거든

구름을 보거든 깨끗하고도 막힘이 없는 까닭을 생각할 일이고, 물고기를 보거든 헤엄치며 깊이 잠겨 있는 까닭을 알 일이다.

간결하고 담백해서 더 깊은 여운이 있다.

산의 마음, 물의 마음,
하늘의 마음

봄 시내

이제 막 비가 개어 햇빛마저 화사한 3월 봄날, 복사꽃 붉은 물결이 언덕에 넘쳐흐르는데, 맑은 시냇물 속으로 오색 빛 작은 붕어가 놀고 있다. 느릿느릿 지느러미를 움직이며 물풀 사이를 노닐다가 거꾸로 서 보기도 하고 가로누워 보기도 하며 주둥이를 물 밖으로 내어 벌름거리기도 하니, 이야말로 생명의 생동한 기운 아니겠는가.

따스하고 깨끗한 모래 위로는 둘씩 넷씩 짝을 지은 온갖 물오리와 해오라기가, 혹은 바위에 혹은 꽃나무에 앉아 있다. 날개를 문지르기도 하고 모래를 몸에 끼얹기도 하며 물에 제 그림자를 비춰 보기도 한다. 스스로 천연히 은은함과 조용함을 사랑하는 듯하니, 이 또한 요순(堯舜) 시대의 기상과 다를 것이 없다.

이를 보고 있으면 웃음 속에 감추어진 날 선 칼날과 마음속에 응어리진 많은 화살과 가슴속에 가득한 모진 가시가 일시에 싹 사라져 하나도 남지 않게 된다.

언제 어디서나 나의 정신을 봄날 복사꽃 흐르는 물결처럼 할 수 있다면, 생동하는 저 물고기나 새들처럼 내 마음도 자연스레 순탄함을 따르게 되지 않겠는가.

봄 시내의 정경을 생동감 있게 묘사해 놓았다.

가장 먹음직스러운 것

아름답게 솟은 푸른 봉우리와 선명하고 짙은 흰 구름을 한참 동안 부러워하다가 한 손에 움켜다 모두 먹어 봤으면 하고 생각했더니 어금니에서 벌써 군침 도는 소리가 들렸다. 가장 먹음직스러운 것 중에 이만 한 게 또 있을까?

감각적 묘사가 뛰어나다. 자연이 최고라는 걸 군더더기 없이 드러냈다. "벌써 군침 도는 소리가 들렸다"라는 말은 생기 가득한 말이다.

봄날, 이 한 장의 그림

따스한 봄날, 물가의 오리는 좋은 봄을 즐기면서 깃을 아끼
고, 먼 산의 날랜 매는 만 리를 내려다보면서 발톱과 부리를 가
다듬네.

봄날의 정경이 그림처럼 포착되었다.

말똥과 여의주

말똥구리는 스스로 말똥 굴리기를 즐겨 하여 용이 품은 여의주(如意珠)를 부러워하지 않는다. 여의주를 품은 용 또한 여의주를 뽐내면서 말똥구리가 말똥 굴리는 것을 비웃지 않는다.

경쟁을 선(善)한 일인 양 미화하는 오늘날 곰곰이 되새겨 볼 말이다. 이 내용은 연암 박지원의 「『말똥구슬』 서문」에도 차용된 바 있다.

무심(無心)의 경지

늙은 어부가 긴 낚싯대에 가는 낚싯줄을 거울 같은 강물에 드리우고선 간들거리는 낚싯대에만 마음을 붙인 채 말도 않고 웃지도 않고 있을 때에는, 커다란 우렛소리가 산을 부순다 해도 들리지 않을 것이고 아리따운 여인이 한들한들 춤을 춘다 해도 보이지 않을 것이다. 이는 달마 대사(達磨大師)[1]가 벽을 향해 앉아 참선할 때와 꼭 같은 경지이다.

1_ 달마 대사(達磨大師): 중국 남북조(南北朝) 시대의 승려로, 선종(禪宗)의 시조(始祖)이다.

'무심의 경지'란 자기 마음을 잘 단속해 외물(外物: 외적 대상)에 구속되거나 흔들리지 않는 경지일 터이다.

물과 산을 닮은 사람

얼굴에 은연중 맑은 물이나 먼 산의 기색을 띠고 있는 사람이 있다면, 그와 함께 고아한 운치를 얘기할 수 있을 것이다. 그의 마음에 돈을 탐하는 속된 자태가 없으리란 건 말하지 않아도 알 수 있다.

'물과 산을 닮은 사람'이란 욕심 없이 자연의 이치에 순순히 따르는 사람일 것이다.

시와 그림

그림을 그리면서 시의 뜻을 모르면 그림의 조화를 잃게 되고, 시를 읊으면서 그림의 뜻을 모르면 시의 맥락이 막히게 된다.

예로부터 시와 그림은 하나라는 말이 있다.

세속에 초연한 풍경

세속에 초연한 한 선생이 깊은 산중의 눈 쌓인 집에서 등촉(燈燭)을 밝혀 둔 채 붉은 먹으로 『주역』(周易)에 권점(圈點)[1]을 치고 있다. 낡은 화로에서 피어오르는 푸른 향연(香煙)은 하늘하늘 허공으로 오르면서 오색찬란한 빛깔을 띠는데 동글동글한 모양이 흡사 공과 같다.

조용히 한두 시간쯤 그 모습을 구경하다가 오묘한 이치를 깨닫고는 지그시 웃는다. 오른편으론 일제히 꽃봉오리를 터뜨린 매화가 보이고, 왼편으론 솔바람 소리와 회화나무에 듣는 빗소리와 보글보글 차 끓는 소리가 들린다.

1_ 권점(圈點): 좋은 문장이나 구절에 표시를 하는 전통 시대 비평 행위의 하나. 권점은 본문의 글자와 구분하기 위해 붉거나 푸른 염료를 써서 표시한다.

제목 그대로 탈속(脫俗)한 맛을 느끼게 한다.

세상의 평화란

세상의 평화란 별게 아니다.

나보다 훌륭한 사람은 존경하여 흠모하고, 나와 동일한 사람은 서로 아끼며 사귀되 함께 격려하고, 나만 못한 사람은 딱하게 여겨 가르쳐 준다. 이렇게 한다면 온 세상이 평화롭게 될 것이다.

이렇게만 된다면 다툴 일도 시기할 일도 없이, 정말 평화로워질 터이다. 단순해 일견 소박하고 천진하기도 한 이덕무의 '평화론'이 절실하게 와 닿는 까닭이다.

싸움은 어디서 오는 걸까

'너'와 '나'를 차별하는 마음을 잊기만 한다면야 싸움이나 전쟁이 어떻게 일어날까?

앞의 글처럼 역시 평화를 말하고 있다. 살육과 전쟁이 끊이지 않는 오늘날, 깊이 음미해 볼 말이다.

망령된 생각

글이나 시를 짓게 되면, 때로는 너무 좋아 부처님의 뱃속에
라도 감춰 두고서 오래도록 보관하고 싶을 때도 있고, 때로는
전혀 마음에 들지 않아 쥐의 오줌이나 받는 데 쓰고 싶을 때도
있다.

이 모두가 망령된 생각에서 비롯된 것이다.

이덕무는 우쭐하거나 잘난 체하는 마음, 좋은 것을 혼자 독점하려는 마음, 이 모두가 망
령된 생각에서 비롯된 것이라 말하고 있다.

참으로 통쾌한 일

새벽에 훌륭한 농부가 봄비를 맞으며 밭을 간다. 왼손에는 쟁기를 끌고 오른손에는 고삐를 쥐고서 검은 소의 등을 때리며 크게 고함을 지른다. 쩌렁쩌렁 울리는 고함 소리에 마치 온 산이 진동할 것만 같고 강물이 용솟음칠 것만 같다. 검은 소가 부드러운 흙을 밟으며 지나가면 그 자리엔 구름 덩이 같은 흙이 생기고 물고기 비늘을 나란히 겹쳐 놓은 것 같은 고랑이 열린다.

이 또한 세상에 통쾌한 일 가운데 하나이리라.

새벽에 농부가 쟁기질하는 것이야말로 참으로 통쾌한 일이라 말하고 있는데, 이제 이 땅에서 그런 통쾌한 일을 보는 것도 더 이상 힘들게 되고 말았다.

어제와 오늘과 내일, 바로 이 3일!

옛날과 지금의 차이도 따지고 보면 잠깐일 수 있고, 잠깐의 시간도 따지고 보면 옛날과 지금의 차이만큼 긴 시간이 될 수 있다. 왜냐하면 잠깐의 시간이 오래도록 쌓여 옛날과 지금이라는 긴 시간이 되기 때문이다.

어제와 오늘과 내일은 마치 수레바퀴가 굴러가듯 서로 교대하며 돌아가지만 늘 새롭다. 모두 이 세 가지 날 가운데 태어나고 이 세 가지 날 가운데 늙어 간다.

그러므로 군자는 어제와 오늘과 내일, 바로 이 3일에 유념할 뿐이다.

'어제와 오늘과 내일, 바로 이 3일'만 염두에 둔다면 못할 일이 없을 듯싶다. 매일매일 자기에게 주어진 일을 성실히 챙길 뿐이다.

망령된 사람과 논쟁하느니

　망령된 사람과 논쟁하느니 차라리 한 잔 얼음물을 마시는 게 더 낫다.

망령된 사람에 대한 경계가 참 매섭다.

참된 정(情)과 거짓된 정

참된 정(情)이 펼쳐지는 것은 녹슨 철을 연못에 넣으면 부글부글 끓으며 이리저리 약동하는 것처럼 활기차고, 봄날 죽순(竹筍)이 온 힘을 다해 흙을 뚫고 나오는 것처럼 생기 있다. 반면 거짓된 정을 꾸며 대면 매끈하고 넓은 돌에 먹을 살짝 발라 둔 것처럼 겉만 번지르르하고 맑은 물에 기름이 떠 있는 것처럼 섞이지 않아 진실된 감정과는 거리가 멀다.

일곱 가지 감정 가운데 특히 슬픔은 가장 진실한 것이어서 가장하기 어려운 법이니, 슬픔이 지극하여 울음이 터지게 되면 그 참된 마음을 억제할 수 없다. 이 때문에 참된 정에서 솟구치는 울음은 뼛속에 사무치게 된다. 하지만 거짓된 울음은 겉으로만 그럴 뿐이어서 금방 표가 난다. 만사의 참과 거짓은 이를 통해 알 수 있는 것이다.

'참된 정'이란 진정(眞情), 곧 진실된 감정을 말한다. 이덕무는 화려하게 거짓된 정을 꾸며 내기보다는 투박하더라도 참된 정을 드러내는 게 훨씬 낫다고 생각하였다.

저마다 신묘한 이치가

어린아이가 울고 웃는 것이나 시장 사람들이 사고파는 것도 자세히 보면 그 속에서 무언가를 느낄 수 있고, 사나운 개가 서로 싸우는 것이나 약삭빠른 고양이가 재롱을 떠는 것도 조용히 관찰해 보면 그 속에 지극한 이치가 있음을 알 수 있다. 어디 이것뿐이랴. 봄에 누에가 뽕잎을 갉아먹는 것이나 가을에 나비가 꽃의 꿀을 따는 그 속에도 하늘의 조화가 깃들어 있다. 개미들이 줄지어 행진할 때면 깃대를 흔들거나 북을 치지 않아도 자연스레 질서를 잡고 균형을 맞추며, 벌들이 집을 지을 때면 기둥과 들보가 없는데도 방마다 칸 사이의 규격을 고르게 한다. 이처럼 지극히 작고 사소한 것일지라도 거기에는 저마다 무궁하고 신묘한 이치가 깃들어 있는 법이다. 그러니 높고 넓은 하늘과 땅, 가고 오는 옛날과 지금도 역시 놀랍고도 기이한 일이 아니겠는가.

저마다 신묘한 이치가 있다는 말은 누구나 할 수 있는 평범한 말이다. 문제는 자신의 삶에서 그것을 체득하고 있느냐 하는 것일 터이다.

교활한 사람을 경계해야 하는 까닭

교활한 사람을 어찌 경계하지 않을 수 있으랴! 교활한 사람을 경계하는 것은 그를 두려워해서가 아니라 나를 공경하기 때문이다.

나를 공경하기 때문에 교활한 사람을 경계한다고 했다. 자신을 공경하는 방법을 모르면 남도 공경할 수 없는 법이다. 오늘날 깊이 되새겨 볼 만한 말이다.

해설

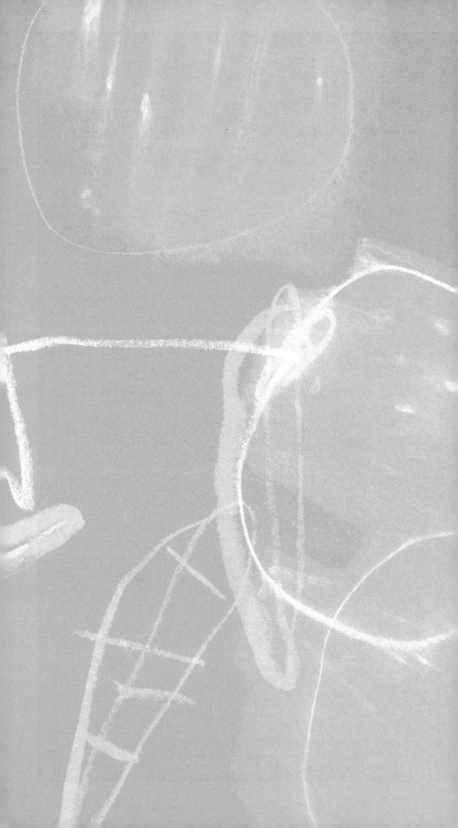

1

이덕무(李德懋, 1741~1793)는 조선 후기 실학자이다. 대문호 연암 박지원(燕巖 朴趾源)의 벗이요 제자로서 오랜 기간 교유한 것은 물론, 정조가 설치한 규장각(奎章閣)의 초대 검서관(檢書官)으로 임명되어 자신의 박학과 재능을 유감없이 발휘하기도 하였다.

이덕무가 살았던 당대 조선은 이른바 실학의 기운이 무르익은 시기였다. 이 새로운 흐름에 적극적으로 가담했던 인물 가운데 한 사람이 바로 이덕무다. 그는 당시 가장 선진적이고 비판적인 지식인 동인(同人)이라 할 '연암 그룹'의 핵심 인물로, 그들과의 활동을 통해 당대 조선의 지적 흐름을 선도한 인물이었다.

2

이덕무를 소개할 때 특별히 언급해야 할 것은 그가 서얼 출신의 선비였다는 점이다. 그는 큰 뜻이 있어도 벼슬에 나아가 그 뜻을 펼칠 수가 없었다. 서얼에게는 재능을 펼칠 기회가 원천적으로 차단돼 있었기 때문이다. 재주가 있고 뜻이 클수록, 서얼은 더한 차별과 모욕을 감내할 수밖에 없었다. 젊은 시절 그의 작품 저변에 깔려 있는 답답함과 우울함은 많은 경우 그의 신분상의 제약에서 비롯되었다고 할 수 있다.

> 벌레인가 기와인가 나란 존재는
> 기술이나 재주라곤 도무지 없네.
> (……)
> 내게 입이 백 개나 있다고 한들
> 들어줄 이 없으니 무엇 하겠나.
> 하늘에 말해 본들 눈을 감았고
> 땅이라 굽어봐도 본 체를 않네.
> (……)
> 아아, 잠들어 깨지 않아서
> 저 벌레나 기와로 돌아갔으면.
>
> ─「벌레인가 기와인가 나는」 중에

위 작품에서 시인은 자신의 뜻을 알아주지 못하는 세상에 대한 답답함을 토로하고 있는데, "잠들어 깨지 않아서 / 저 벌레나 기와로 돌아갔으면" 좋겠다는 말에는 실의와 울울함이 가득 배어 있다.

그러나 이덕무는 비록 때로 서얼이라는 신분적 제약으로 답답해 하긴 했지만 맑고 담박한 선비의 자세를 잃지 않았다. 스스로 어리석고 포부만 커 남들의 비방이나 당한다고 했지만(「남들의 비방」) 이덕무는 그런 세상의 비방에 개의치 않았다.

내 마음 깨끗한 매미, 향기로운 귤 같으니
나머지 번다한 일 나는 이미 잊었노라.
불로 허공 살라 본들 결국 절로 꺼질 테고
칼로 물을 벤다 한들 아무 흔적 없으리니.
'어리석음' 한 글자를 어찌 면하겠나마는
온갖 서적 두루 읽어 입에 올리네.
넓디넓은 천지간 초가에 살며
맑은 소리 고아하게 밤낮 연주하네.

—「술에 취해 1」

이덕무는 옛 선비의 '깨끗한 매미'나 '향기로운 귤'과 같은 지취(志趣)를 본받겠다고 노래하고 있다. 명예나 이익, 칭찬과 비방 등 세상 사람들의 관심사는 번다한 일일 뿐이다. 이런 일들은 그가 보기에 불로 허공을 사르거나 칼로 물을 베는 것처럼 허망한 일에 불과하기 때문이다. 이처럼 이덕무는 비록 세상 사람들에게 어리석다는 평가를 받을지라도 맑고 담박한 마음으로 책을 읽으며 선비의 본분을 굳게 지키려 했던 인물이었다.

이덕무는 누구보다 열심히 책을 읽었다. 이덕무에게 있어 선비란 바로 책 읽는 지식인, 곧 '독서인'(讀書人)이었다.

남산 아래 퍽 어리석은 사람이 살고 있었다. 그는 말도 느릿느릿 어눌하게 하고, 천성이 게으르며 성격마저 고루하니 꽉 막혔을 뿐만 아니라, 바둑이나 장기는 말할 것도 없고 생계(生計)에 대한 일이라면 도통 알지 못하는 그런 사람이었다. 남들이 욕을 해도 변명하지 않았고, 칭찬을 해도 기뻐하거나 즐거워하지 않았다. 오직 책 읽는 일만을 즐겨, 책을 읽기만 하면 추위나 더위에도 아랑곳없이 배가 고픈지도 모른 채 책만 읽었다. 그래서 어려서부터 스물한 살이 된 지금까지 하루도 옛 책을 놓아 본 적이 없었다. (……) 아무도 그의 전기(傳記)를 써 주는 사람이 없기에 내 붓을 들어 그의 일을 써서 '책밖에 모르는 바보 이야기'를 짓는다.

— 「책밖에 모르는 바보」 중에

젊은 시절의 자화상이라 할 수 있는 이 글에서 이덕무는 자신을 독서인으로 규정하고 있다. 그래서 사람들이 '책밖에 모르는 바보'라 짐짓 놀려 대도 스스로는 오히려 그 말에 자부심을 느꼈다. '독서광'(讀書狂)으로서의 이덕무의 면모는 비단 위의 글에만 국한되지 않는다.

약은 벗들에게 구걸을 하고
죽은 아내가 끓여 주누나.
이러고도 책 읽기만 좋아하나니
습관을 버리기 쉽지 않아라.

— 「여름날 병중에」 중에

여종은 양식 없다 종알대건만
고요한 방에 앉아 글 읽는 일 쉬지 않누나.
온몸에 술을 저장할 수 있어도
어찌 차마 잠시라도 책 안 볼 수 있나.

— 「가난과 독서」 중에

고관대작 이름을 나는 모르네
내 아는 건 오로지 책 읽는 일뿐.

— 「나무의 마음처럼」 중에

위의 시들에는 병으로 아픈 중에도, 양식이 없어 굶주리면서도 오로지 책만 읽고 있는 이덕무의 모습이 덤덤하게 그려져 있다. 사실 선비에게 있어 독서는 가장 기본적으로 해야 할 일로서, 자기 수양의 방법이요 벼슬을 얻기 위한 방책이었다. 나아가 경세제민(經世濟民)을 위한 수단이기도 했다. 이덕무의 삶에서 독서는 이런 일반적인 의미와는 조금 다른, 독특한 의미를 지녔다는 점에 유의할 필요가 있다. 이덕무에게 독서는 삶 그 자체였다고 할 수 있기 때문이다. 그는 세상 모든 것을 다 버릴 수 있어도 책만은 버릴 수 없다고 했으며(「책만은 버릴 수 없어」), 극심한 슬픔에 빠졌을 때도 책을 읽으며 그 슬픔을 잊는다고 했다.

지극한 슬픔이 닥치게 되면 온 사방을 둘러보아도 막막하기만 해서 그저 한 뼘 땅이라도 있으면 뚫고 들어가 더 이상 살고 싶은 생각이 없어진다. 하지만 나는 다행히도 두 눈이 있어 글자를 배울 수 있었다. 그래서 나는 지극한 슬픔을 겪더라도 한 권의 책을 들고 내 슬픈 마음을 위로하며 조용히 책을 읽는다. 그러다 보면 절망스러운 마음이 조금씩 안정된다.

—「슬픔과 독서」 중에

위의 글에는 극심한 슬픔이 닥쳐 아무것도 할 수 없을 때 조용히 책을 보며 마음을 다스리는 이덕무의 모습이 잘 나타나 있다. 이덕무는 책을 읽으며 배고픔을 잊고, 책을 읽으며 추위를 잊고, 책을 읽으며 병을 잊었다. 근심과 번뇌마저도 책을 읽으며 잊었다(「책을 읽어 좋은 점 네 가지」). 이덕무에게 독서는 그만둘 수 없는 즐거움이자, 병과 가난, 불우함과 슬픔에 대한 위안이자 삶의 안식처였다. 어쩌면 이덕무에게 독서는 벼슬이나 통치를 위한 수단이 아닌, 그 자체 목적이 되는 것이었는지도 모른다. 그리하여 책과 함께 살았다고 해도 과언이 아닐 만큼, 그의 삶은 온통 책을 읽는 데 바쳐졌다.

3

이덕무는 참 가난하게 살았다. 그리고 몸이 허약해 자주 아팠다.

낙숫물을 맞으면서 헌 우산을 깁고, 섬돌 아래 약 찧는 절구를 괴어 두고, 새들을 문생(門生)으로 삼고, 구름을 친구로 삼는다.

— 「나의 일생」 중에

이덕무가 자신의 일생을 한 문장으로 표현한 것이다. 즉, 자신의 일생과 함께했던 것은 가난과 병과 자연이었다는 뜻이다. 그의 글에는 추위와 배고픔에 대한 이야기가 자주 나온다. 땔감이 떨어진 어느 겨울엔 책을 병풍 삼아 찬바람을 막아 보기도 하고, 어느 날은 그렇게 아끼던 책을 팔아 밥을 사 먹었다며 자조에 찬 푸념을 하기도 한다. 그러나 이덕무는 가난을 원망하거나 가난 때문에 고통에 찌들지 않았다. 한겨울 밤이 너무 추워『한서』로 이불을 삼고『논어』로 바람막이를 했다는 이야기나(「한사(寒士)의 겨울나기」), 굶주림을 견디다 못해 지니고 있던 유일한 서책『맹자』를 팔아 밥을 사 먹었다는 이야기(「먹을 게 없어 책을 팔았구려」)를 하면서도, 그의 어투는 심각하지 않으며 오히려 유머가 있다. "가장 뛰어난 사람은 가난을 편안히 여"기니, "가난을 원수처럼 여기다가 그 가난 속에서 죽어가는 사람"이야말로 "가장 못난 사람"이라는(「가난」) 그의 말에서도 짐작할 수 있듯, 이덕무는 가난에 전혀 짓눌리지 않았으며 오히려 가난과 더불어 살았다 할 만하다.

사실 이덕무의 작품에 묘사된 이웃 간의 따뜻한 마음, 대가를 바라지 않는 희생은 가난 속에서 더욱 빛이 난다. 큰 눈 내린 어느 아침, 누추하고 추운 서재에 갇힌 이덕무 형제를 찾아와 말없이 눈을 쓸어 길을 내고, 눈에 파묻힌 신발을 찾아내 말끔히 털어 놓고 가는 이웃 늙은이의 이야기(「가난한 형제의 독서 일기」)는 가난하지만, 아니 어쩌면 가난하기 때문에 나눌 수 있는 사람 사이의 정이 아니겠는가. 사실 가난을 '퇴치'하고 '박멸'해야 할 악(惡)으로 여기는 태도는 근대적 이데올로기에 불과하다. 전통 시대 많은 문인들은 오히려 가난한 삶, 다시 말해 청빈(淸貧)한 삶을 지식인의 중요한 핵심 덕목 가운데 하나로 꼽곤 했다. 가난하든 부유하든 자신의 분수를 요량하여 그에 걸맞게 사는 것이 올바른 삶이라는 것은 전통 시대 선비들이 지녔던 기본 관념이었던 것이다.

이덕무는 병약한 체질이었는데, 오히려 그 덕분에 살아 있는 모든 생명, 나아가 무생물에 이르기까지, 그것에 공감(共感)할 수 있었다. 뜨락의 풀 한 포기에 생명을 느끼고 뽑지 말라 당부하는 모습(「여름날 병중에」)이라든지, 한겨울 비워 두었던 서재를 정리하며 오랜만에 접한 붓과 벼루와 책들이 자신에게 인사하는 듯하여 사랑스러워 꼭 안아 주지 않을 수 없었다는 이야기(「가난한 형제의 독서 일기」)에서, 우리는 이덕무의 따뜻하고 섬세한 시적 감수성을 느낄 수 있다.

지는 놀이 쇠귀에 붉은데
소는 먼 산 바라보며 푸른 꽃 씹네.

잎 성긴 나무에 몸을 비비니

하늘하늘 산들산들 춤을 추누나.

— 「소에게」

바위에 기대어 핀 국화

드리운 가지 시내에 노랗게 비치네.

한 움큼 물 떠서 마시니

손에도 국화 향 입에도 국화 향.

— 「국화 향」

저물녘 석양빛에 풀을 뜯는 소의 모습을 정감 있게 묘사하고 있는 「소에게」라는 시에서 시적 대상에 대한 시인의 공감 능력을 확인할 수 있다면, 「국화 향」이라는 시에서는 시적 주체인 '나'와 그 대상인 국화와 시내가 한순간 일체가 되는 경지를 볼 수 있다. 「국화 향」이라는 짧은 시편 속에 이른바 물아일체(物我一體)의 정경이 절묘하게 펼쳐지고 있는 것이다. 이처럼 자연과의 정서적 합일을 추구하는 정신은 이제 구름, 노을, 기러기, 회화나무, 귀뚜라미 등 모든 자연물을 자신의 벗이라 여기는 인식으로 고양된다. 『선귤당농소』(蟬橘堂濃笑)라는 청언집(淸言集)에 실린 다음 글에서 이 점을 확인할 수 있다.

혹여 책이 없다면 저 구름이나 노을을 벗으로 삼고, 혹여 구름이나 노을이 없다면 하늘을 나는 기러기에 내 마음을 의탁할 것이다. 만약 기러기도 없다면 남쪽 마을의 회화나무를 벗 삼고, 그게 아니라면 원추리 잎에 앉은 귀뚜라미를 관찰하며 즐길 것이다. 요컨대 내가 사랑해도 시기하거나 의심하지 않는 모든 것이 나의 좋은 친구인 것이다.

— 「나의 친구」 중에

자연과 공감하고 정서적으로 일체가 되기를 희구하는 태도는 인간들의 관계는 어떠해야 하는가에 대해서도 답을 일러 준다.

'너'와 '나'를 차별하는 마음을 잊기만 한다면야 싸움이나 전쟁이 어떻게 일어날까?

— 「싸움은 어디서 오는 걸까」

이덕무는 경쟁이 아니라 더불어 함께 사는 '공생(共生)의 삶'을 말하고 있다. 정말 나와 상대방을 차별하는 마음을 잊는다면 세상의 평화는 쉽게 이룰 수 있을 것이다. 때문에 이덕무에게 세상의 평화란 별게 아니다.

나보다 훌륭한 사람은 존경하여 흠모하고, 나와 동일한 사람은 서로 아끼며 사귀되 함께 격려하고, 나만 못한 사람은 딱하게 여겨 가르쳐 준다. 이렇게 한다면 온 세상이 평화롭게 될 것이다.

—「세상의 평화란」중에

두 편의 글 모두 소박한 단상에 불과하지만 살육과 전쟁이 끊이지 않는 오늘날, 더욱 절실하게 와 닿는 말이 아닌가 한다.

4

이덕무의 삶과 문학을 이해하는 데 또 하나 염두에 두어야 할 것은 바로 친구들과의 우정이다. 서로 뜻이 맞는 친구들과 우정을 나누는 것은 어떠한 어려움도 견딜 수 있게 하는 든든한 버팀목이다. 가난하고 병치레가 잦았던 이덕무에게 뜻이 맞는 벗과 교유하는 일만큼 기쁜 일은 달리 없었을 것이다.

이덕무는 박제가(朴齊家), 유득공(柳得恭), 서상수(徐常修), 백동수(白東脩) 등 서얼 출신의 지식인들과 일찍부터 친교를 맺어 평생의 지기(知己)가 된다. 이덕무에게 친구란 어떤 존재였는

가. 자기를 알아주는 지기가 생기면 이렇게 하겠다는 다음 글에서 벗에 대한 그의 마음을 읽을 수 있다.

> 10년 동안 뽕나무를 심고 1년 동안 누에를 길러 내 직접 오색실을 물들인다. 10일에 한 가지 빛깔을 물들인다면 50일이 되면 다섯 가지 빛깔은 물들일 수 있을 것인바, 따뜻한 봄이 되면 물들인 오색실을 햇볕에 말린 후 내 아내에게 훌륭한 바늘을 가지고 내 벗의 얼굴을 수놓게 하고선 거기에 기이한 비단 장식을 하고 좋은 옥으로 축(軸)을 하여 두루마리를 만들어 둘 테다. 이것을 높은 산, 맑은 물이 흐르는 곳에 펼쳐 두고선 말없이 바라보다가 저물녘이 되면 돌아오리라.
>
> ─「지기를 얻는다면」 중에

요컨대 이덕무에게 벗이란 또 하나의 자기에 다름 아니었다. 이러한 우정관은 연암 그룹 일원들 모두가 공유하는 인식이었다. 이덕무는 20대 중반 무렵인 1766년 지금의 종로 탑골공원 부근인 대사동(大寺洞)으로 이사를 하는데, 이때부터 연암 그룹의 성원들과 본격적인 교유를 하게 된다. 박제가 등 서얼 친구들은 물론 연암 박지원과 담헌 홍대용(湛軒 洪大容)을 사귀게 된 것도 이 무렵의 일이다. 특히 스승으로 섬겼던 박지원과의 만남은 이덕무의 사유를 훨씬 깊이 있게 만드는 계기가 된다. 박지원은 신분상의 차이에도 불구하고 이덕무를 비롯한 서얼 지식인들과 격의 없이 어울렸으며, 이덕무 역시 자신을 벗으로 인정해 주는 박지원을 스승으로 깍듯이 모셨다.

> 말똥구리는 스스로 말똥 굴리기를 즐겨 하여 용이 품은 여의주(如意珠)를 부러워하지 않는다. 여의주를 품은 용 또한 여의주를 뽐내면서 말똥구리가 말똥 굴리는 것을 비웃지 않는다.
>
> ─「말똥과 여의주」

이덕무의 윗글은 박지원의 「『말똥구슬』 서문」이라는 글에도 차용된 바 있다. 절친한 벗들은 생각을 공유하게 마련이다. 이덕무와 박지원의 글에 비슷한 구절이나 표현이 많이 보이는 것은 그만큼 두 사람의 입장이나 생각이 많이 공유되고 있었음을 말해주는 것일 터이다.

> 불암산 서편에 놀이 지는데
> 술잔 속에 푸른 산이 거꾸로 떴네.
> 오늘밤 벗들이 드문 모임 가졌으니
> 날 새기 전 돌아갈 일 섭섭도 해라.

노랫소리 퉁소 소리 한데 섞여 운치 있고
못 속에 잠긴 달빛 밝디밝은 광채로다.

—「벗과 함께」 중에

아무리 고달픈 현실 속에서도 마음 맞는 벗들과 함께할 때만
큼은 더 이상 부러운 게 없는 법이다. 그래서 이덕무는 「가장 큰
즐거움」이라는 글에서 이렇게 말하고 있는 것이다.

마음에 맞는 계절에 마음에 맞는 친구를 만나 마음에 맞는 말
을 나누며 마음에 맞는 시와 글을 읽는 일, 이야말로 최고의
즐거움이라 할 것이다.

—「가장 큰 즐거움」 중에

이 글대로라면 이덕무는 '가장 큰 즐거움'을 일평생 누린 것
인지도 모른다. 이덕무는 자신의 뜻과 재능을 벗들과 나눌 수 있
었다. 달리 말해, 이덕무는 혼자 고립된 채 지적 활동을 펼친 것
이 아니라, 벗들과 맺어진 '지적 공동체' 속에서 그들과 '함께'
자신의 학문과 사상을 다듬어 갔던 것이다. 요컨대 이덕무가 누
린 즐거움의 근저에는 벗들 사이의 우정과 환대가, 그리고 그 속
에서 꽃피운 지적 향연이 자리하고 있었던 것이다.

5

이덕무는 가난하고 병약하지만 독서인으로서의 사명을 일평생 지키며 살았던 지식인의 전형이었다. 그는 늘 스스로 재주가 없다고 했지만, 자신만의 문학관과 빼어난 비평적 안목을 지니고 있었다. 이덕무는 자기 자신의 진실된 마음, 곧 진정(眞情)을 도외시한 채 아름답고 훌륭한 문장만을 지으려는 태도를 비판하고, 비록 세련미가 떨어질지라도 어린아이와 처녀의 마음처럼 자신만의 순수하고 진실한 마음을 드러내는 것이 참된 글쓰기의 요체라고 주장하였다(「어린아이 혹은 처녀처럼」). 특히 비평적 안목은 당대 최고라고 여겨져 많은 문인들이 그에게 비평을 해달라고 부탁하곤 했다. 하지만 그 때문에 잘난 체하는 것과는 영 거리가 먼 인물이 바로 이덕무였다. 그만큼 그는 고아한 옛 선비의 풍모를 체화하고 있었던 셈이다. 이는 그의 심성이 본래 얌전했기 때문이기도 하지만 평소 그가 '깨끗한 매미나 향기로운 귤'과 같은 옛 선비의 풍모를 본받기 위해 애썼기 때문이기도 하다.

이덕무가 남긴 글은 현재 『청장관전서』(靑莊館全書)라는 책에 한데 묶여 수록되어 있다. 일찍이 민족문화추진회에서 이덕무의 글 전체를 『국연 청장관전서』 13권으로 번역한바, 이덕무에 대해 더 깊이 알고자 하는 독자라면 이 책을 참조할 수 있을 것이다. 본 역서에서는 방대한 그의 글 가운데 이덕무의 삶과 문학을 보다 잘 드러내는 시와 산문을 선별해 보았다. 독자들은 이 책을 통해 조선 후기 '책 읽는 선비'의 전형을 만날 수 있을 것이다. 이 시대의 책 읽는 선비는 누구일까? 비판적 지식인에 다름 아니다. 본 역서를 읽으며 이 시대 참된 지식인의 형상을 그려 볼 수 있기를 기대한다.

이덕무 연보

작품 원제

찾아보기

이덕무 연보

1741년(영조 17), 1세 — 서울 대사동(大寺洞: 지금의 종로 탑골공원 부근) 4가에서 태어나다.

1746년(영조 22), 6세 — 부친으로부터 『십구사략』(十九史略) 등을 배우다.

1754년(영조 30), 14세 — 마포로 이사하다.

1756년(영조 32), 16세 — 동지중추부사(同知中樞府事)를 지낸 백사굉(白師宏)의 딸과 혼인하다.

1760년(영조 36), 20세 — 장흥동(長興洞: 지금의 중구 회현동 일대)으로 이사하다.

1762년(영조 38), 22세 — 10월에 세 살 난 딸을 잃다.

1765년(영조 41), 25세 — 5월 1일에 모친이 별세하다. 6월 20일에 아들 광규(光葵)가 태어나다.

1766년(영조 42), 26세 — 종로 대사동으로 다시 이사하다. 청언집(淸言集)이라 할 수 있는 『이목구심서』(耳目口心書)를 짓다. 평생의 벗인 박제가(朴齊家)와 교유를 맺다.

1768년(영조 44), 28세 — 1월 1일에 명숙(明叔)이라는 자(字)가 너무 흔하다 하여 무관(懋官)으로 자를 바꾸다. 10월 4일에 황해도 장연(長淵)의 조니진(助泥鎭)에 가다. 이때의 여행 기록을 「서해 여행기」로 남기다. 그 가운데 하나가 본서에 수록된 「사봉(沙峯)에 올라 서해를 바라보고」이다.

1769년(영조 45), 29세 — 5월에 친구 서상수(徐常修)와 이응정(李應鼎)의 도움으로 청장서옥(靑莊書屋)이 완성되다. 이때부터 청장(靑莊)이라 자호(自號)하다. 10월에 충청도 천안에 있는 전장(田莊)에 가 직접 벼를 수확하다.

1771년(영조 47), 31세 — 평양을 유람하다. 박지원(朴趾源), 백동수(白東脩) 등과 함께 출발해 개성까지 동행하다. 이 해 겨울 박지원의 『종북소선』(鍾北小選)에 비평을 달다.

1773년(영조 49), 33세 — 박지원, 유득공(柳得恭)과 함께 평양에 가다. 담헌 홍대용(湛軒 洪大容)의 부탁으로 중국인 곽집환(郭執桓)의 『회성원 시고』(繪聲園詩稿)에 비평을 해 주다.

1774년(영조 50), 34세 — 누이동생이 스물여덟 살에 생을 마감하다. 가난 속에 한평생을 보낸 누이를 애도하는 제문(祭文) 「누이의 죽음을 슬퍼하는 글」을 짓다.

1775년(영조 51), 35세	— 선비가 지켜야 할 세세한 절목인 『사소절』(士小節)을 완성하다.
1778년(정조 2), 38세	— 사신을 따라 중국 북경에 가다. 북경에서 홍대용이 교유한 중국인 선비 반정균(潘庭筠) 등과 만나다.
1779년(정조 3), 39세	— 6월에 유득공, 박제가, 서이수(徐理修) 등과 함께 규장각(奎章閣) 외각(外閣) 검서관(檢書官)에 임명되다.
1781년(정조 5), 41세	— 1월에 규장각 내각(內閣) 검서관에 임명되다. 12월에 겸직으로 경상남도 함양의 사근도찰방(沙斤道察訪)에 임명되다. 이 무렵, 처음 벼슬살이를 하게 된 소회(所懷)를 읊은 「이문원에서 붓 가는 대로」를 짓다.
1784년(정조 8), 44세	— 6월에 『규장각지』(奎章閣志)와 『홍문관지』(弘文館志)를 교감한 공로로 경기도의 적성현감(積城縣監)에 임명되다. 검서관은 겸직하다.
1787년(정조 11), 47세	— 적성현감에 유임되다.
1788년(정조 12), 48세	— 4월 2일에 부친의 71세 생신을 맞아 잔치를 열다.
1789년(정조 13), 49세	— 4월에 어명(御命)으로 박제가, 백동수와 함께 『무예도보통지』(武藝圖譜通志) 편찬에 착수하다.
1790년(정조 14), 50세	— 4월에 4책의 『무예도보통지』를 완성하다. 정조에게 『무예도보통지』 1질을 하사받다.
1791년(정조 15), 51세	— 4월 28일에 서얼을 차별하는 관행의 문제에 대해 정조와 이야기하다.
1793년(정조 17), 53세	— 1월 25일에 서울 태묘동(太廟洞: 지금의 종각 일대) 본가에서 별세하다. 2월 21일에 선영이 있는 경기도 광주 관교에 묻히다.
1794년(정조 18)	— 동생 공무(功懋)와 아들 광규에게 이덕무가 편찬한 『규장전운』(奎章全韻)을 교정하게 하라는 어명이 내리다.
1795년(정조 19)	— 4월에 이덕무를 애석히 여기는 정조의 특명으로 이광규를 검서관으로 특채하다. 이덕무가 남긴 시문(詩文)을 가려 뽑아 유고(遺稿)를 간행하게 하다. 간행 비용으로 5백 냥을 하사

하다.

| 1796년(정조 20) | — 『규장전운』을 완성해 인쇄하다. |
| 1797년(정조 21) | — 이덕무의 시문 유고집인 『아정유고』(雅亭遺稿) 8권 4책의 인쇄를 끝내고 진상하다. 박지원이 행장(行狀)을, 이서구(李書九)가 묘지명(墓誌銘)을, 남공철(南公轍)이 서문과 묘표(墓表)를, 성대중(成大中)이 발문(跋文)을 지어 『아정유고』에 부록으로 붙이다. |

작품 원제

나는 어리석은 사람

· 나를 조롱하다 —— 조오(嘲吾) 021p

· 남들의 비방 —— 해조(解嘲) 022p

· 앓은 뒤의 내 모습 —— 병여유감(病餘有感) 023p

· 술에 취해 1 —— 십일월십사일취(十一月十四日醉) 제1수 024p

· 술에 취해 2 —— 유월이십삼일취(六月二十三日醉) 025p

· 여름날 병중에 —— 하일와병 3수(夏日臥病三首) 제2수 026p

· 벌레인가 기와인가 나는 —— 충야와야오(蟲也瓦也吾) 028p

· 여름날 한가히 —— 하일한거(夏日閒居) 030p

· 나무의 마음처럼 —— 한서(寒樓) 031p

· 가난과 독서 —— 치필차원소수집중운(馳筆次袁小修集中韻) 제1수 032p

· 가을 새벽에 잠 못 들고 —— 추효불매(秋曉不寐) 033p

· 계산에서 밤에 이야기하다가 —— 계산야화(桂山夜話) 034p

· 경갑에 쓰다 —— 제경갑(題鏡匣) 035p

· 이문원에서 붓 가는 대로 —— 이문원신필(摛文院信筆) 4수 중 제1수 036p

고요한 산중에 벗과 함께

· 빗속에 찾아온 손 —— 우중객지(雨中客至) 039p

· 시냇가의 집 1 —— 우음시낭숙(偶吟示良叔) 040p

· 시냇가의 집 2 —— 어동벽제료(於東壁題了) 041p

· 말 위에서 —— 마상(馬上) 042p

· 밤나무 아래에서 —— 여혜보재선, 장방서장, 게율하(與惠甫在先 將訪徐莊 憩栗下)
043p

· 벗과 함께 —— 수여오동장운(酬汝五東莊韻) 044p

· 이웃 사람에게 —— 증린인(贈鄰人) 045p

· 서쪽 정원 —— 서원즉사(西園卽事) 046p

· 시골 친구의 집 —— 야도조촌지숙가, 동심계초정부(夜到潮村智叔家 同心溪楚亭賦)
제3수 047p

· 호남에 놀러 가는 벗에게 ── 봉증우부호남지유(奉贈愚夫湖南之遊) 048p

· 연암이 그린 그림에 ── 제박연암어촌쇄망도(題朴燕巖漁村曬網圖) 049p

· 부채 그림에 ── 화선(畫扇) 050p

· 퉁소 소리 ── 소완정, 봉화김효효자용겸문여오취동소(素玩亭 奉和金嘐嘐子用謙聞
汝五吹洞簫) 051p

· 우문을 추모하며 ── 만김우문(輓金又門) 052p

· 달밤에 아우를 마주하여 ── 월석대내제(月夕對內弟) 054p

· 하목정 홍 선생 ── 하목정기사(霞鶩亭紀事) 056p

　　풍경 앞에서

· 학의 노래 ── 야독당인시, 문동린학려(夜讀唐人詩 聞東鄰鶴唳) 059p

· 고추잠자리 ── 홍청전영희(紅蜻蜓影戲) 060p

· 구월산 동선령에서 ── 동선령(洞仙嶺) 061p

· 비 온 뒤의 못 ── 잡제(雜題) 제1수 062p

· 맑은 못 ── 칠석익일, 서여오유연옥운옥혜보윤경지박재선, 동유삼청동읍청정 9수
(七夕翌日 徐汝五柳連玉運玉惠甫尹景止朴在先 同遊三淸洞挹淸亭 九首) 제1수, 제4
수 063p

· 소에게 ── 절구 22수(絶句 二十二首) 제11수 065p

· 국화 향 ── 남산국(南山菊) 066p

· 아이들 노는 봄날에 ── 춘일제아희(春日題兒戲) 067p

· 산사의 밤 ── 승료불매(僧寮不寐) 068p

· 산속 집 ── 절구 22수(絶句 二十二首) 제1수 069p

· 초겨울 ── 초동(初冬) 070p

· 삽짝에서 ── 시문유견(柴門有見) 071p

· 시냇가 집에서 ── 계당한영(溪堂閑詠) 072p

· 남산에서 ── 차석주집운 병서(次石洲集韻 幷序) 제1수, 제5수 073p

· 봄, 여름, 가을, 겨울 ── 사시조가(四時調歌) 075p

가을밤

· 가을 경치 앞에서 ── 추일즉사(秋日卽事) 081p

· 가을밤 1 ── 추야음(秋夜吟) 082p

· 가을밤 2 ── 추야(秋夜) 083p

· 가을 누각에서 ── 청음루지석(靑飮樓之夕) 084p

· 시골집 ── 제전사(題田舍) 085p

· 비 온 뒤에 ── 우후, 치천호운(雨後 穉川呼韻) 086p

· 병중에 읊다 ── 병제(病題) 087p

· 가을비에 객이 와서 ── 추우객지(秋雨客至) 088p

· 늦가을 ── 만추(晚秋) 089p

아이의 마음으로 사물을 보면

· 어린아이 혹은 처녀처럼 ── 영처고자서(嬰處稿自序) 093p

· 산 글과 죽은 글 ── 제내제고(題內弟稿) 102p

· 박제가 시집에 써 준 글 ── 초정시고서(楚亭詩稿序) 103p

· 나만이 아는 시 ── 정이옥시고서(鄭耳玉詩稿序) 107p

· 비루하지도 오만하지도 않게 ── 여박재선제가서(與朴在先齊家書) 111p

· 고(古)라고 해야 할지 금(今)이라고 해야 할지 ── 유혜보득공(柳惠甫得恭) 114p

책 읽는 선비의 말

· 책밖에 모르는 바보 ── 간서치전(看書痴傳) 117p

· 나란 사람은 ── 자언(自言) 119p

· 참된 대장부 ── 서서미(書西楣) 121p

· 한가함에 대하여 ── 원한(原閒) 122p

· 오활함에 대하여 ── 우언(迂言) 124p

· 사봉에 올라 서해를 바라보고 ── 서해려언(西海旅言) 125p

· 복사나무 아래에서 한 생각 ── 만제정도(謾題庭桃) 129p

가난 속에 한평생

· 백동수라는 사람 —— 야뇌당기(野餒堂記) 133p

· 친구 서사화를 애도하는 글 —— 도서사화문(悼徐士華文) 136p

· 누이의 죽음을 슬퍼하는 글 —— 제매서처문(祭妹徐妻文) 140p

· 벗을 슬퍼하는 제문 —— 제우인문(祭友人文) 152p

· 먹을 게 없어 책을 팔았구려 —— 여이낙서서구서(與李洛瑞書九書) 156p

가장 큰 즐거움

· 나 자신을 친구로 삼아 —— 『선귤당농소』(蟬橘堂濃笑)에서 161p

· 가장 큰 즐거움 —— 『선귤당농소』에서 162p

· 지기를 얻는다면 —— 『선귤당농소』에서 163p

· 나의 친구 —— 『선귤당농소』에서 164p

· 일 없는 날에는 —— 『이목구심서』(耳目口心書)에서 165p

· 가난한 형제의 독서 일기 —— 『이목구심서』에서 166p

· 어리석은 덕무야! —— 『선귤당농소』에서 168p

· 가난 —— 『이목구심서』에서 169p

· 한사(寒士)의 겨울나기 —— 『이목구심서』에서 170p

· 빈궁한 귀신과 바보 귀신 —— 『이목구심서』에서 172p

· 책만은 버릴 수 없어 —— 『이목구심서』에서 173p

· 슬픔과 독서 —— 『이목구심서』에서 175p

· 나의 일생 —— 『선귤당농소』에서 176p

· 내 가슴속에는 —— 『선귤당농소』에서 177p

· 책을 읽어 좋은 점 네 가지 —— 『이목구심서』에서 178p

· 번뇌가 닥쳐오거든 —— 『이목구심서』에서 180p

· 구름과 물고기를 보거든 —— 『이목구심서』에서 181p

산의 마음, 물의 마음, 하늘의 마음

· 봄 시내 —— 『선귤당농소』에서 185p

· 가장 먹음직스러운 것 —— 『선귤당농소』에서 186p

· 봄날, 이 한 장의 그림 —— 『선귤당농소』에서 187p

· 말똥과 여의주 —— 『선귤당농소』에서 188p

· 무심(無心)의 경지 —— 『선귤당농소』에서 189p

· 물과 산을 닮은 사람 —— 『선귤당농소』에서 190p

· 시와 그림 —— 『선귤당농소』에서 191p

· 세속에 초연한 풍경 —— 『선귤당농소』에서 192p

· 세상의 평화란 —— 『선귤당농소』에서 193p

· 싸움은 어디서 오는 걸까 —— 『이목구심서』에서 194p

· 망령된 생각 —— 『선귤당농소』에서 195p

· 참으로 통쾌한 일 —— 『선귤당농소』에서 196p

· 어제와 오늘과 내일, 바로 이 3일! —— 『선귤당농소』에서 197p

· 망령된 사람과 논쟁하느니 —— 『선귤당농소』에서 198p

· 참된 정(情)과 거짓된 정 —— 『이목구심서』에서 199p

· 저마다 신묘한 이치가 —— 『이목구심서』에서 200p

· 교활한 사람을 경계해야 하는 까닭 —— 『이목구심서』에서 201p

찾아보기

| ㄱ |

가난 26, 27, 32, 44, 94, 96, 110, 134,
  137, 157, 166~169, 175

가을 33, 81, 200

가을밤 82, 83

가을볕 60

가을비 88

가을빛 48, 86, 177

가을 샘 43

가을 풍경 50

간난(艱難) 109

갈건(葛巾) 89

갈대 85

갈대꽃 170

갈포(葛布) 89

감응 98

강바람 82

개미 26, 200

객기(客氣) 34

거문고 73, 74

거미줄 32, 84

검서관 36

경갑(鏡匣) 35

경쟁 188

경지 124

계산(桂山) 34

고관대작 101, 129

고금(古今) 97, 105

고기잡이 75, 76

고래 127

고삐 196

고양(高陽) 137

고양이 200

고추잠자리 60

곡(哭) 139, 143, 150, 154

공무(功懋) 140, 147, 148, 166

공자(孔子) 156

관례(冠禮) 105

관악(冠岳) 52, 53

관악산 53

광기(狂氣) 172

교만 99

교언영색(巧言令色) 134

교활 201

구름 97, 164, 176, 180, 186

구월산(九月山) 61

국화 27, 66, 76, 77, 87, 89

군자 112

군침 186

굴원(屈原) 28, 29

굶주림 134

권점(圈點) 192

귀뚜라미 82, 164

규장각(奎章閣) 36

귤 24, 120

그림 97

그림자 60, 61, 85

〈그물 말리는 어촌 풍경〉(漁村曬網圖) 49

근심 97, 129, 178, 180

글씨 129

금천(衿川) 53

금호(衿湖) 52, 53

기근(饑饉) 127

기러기 48, 54, 81, 82, 85, 88, 164

기문(記文) 135

기와 28, 29

기일(忌日) 148

기침 143, 149, 178

길쌈 96

김용겸(金用謙) 51

김자신(金子愼) 103, 104

까마귀 39, 72, 118

꾀꼬리 61

| ㄴ |

나귀 71

나무꾼 75, 103

나물죽 141

나비 30, 200

낙숫물 176

낙엽 56, 69, 88

낚싯바늘 95

남산(南山) 71, 73, 74, 103, 104, 117, 120

낫 81

내주(萊州) 126

노을 164

『논어』(論語) 170

농부 85, 122, 196

농사 47

누에 126, 163, 200

누이 140, 142, 151

눈 97, 161

늦가을 89

| ㄷ |

단풍 43, 48, 71, 153, 154

단향목 68

달 82, 86, 87, 97

달마 대사(達磨大師) 189

달밤 54

달빛 44, 48

달팽이 26

닭 87, 95

답습 102, 106

당시(唐詩) 59, 75

당호(堂號) 120

대나무 177

대사동(大寺洞) 107

대사립문 46

대숲 82

233

대인(大人) 177

대자리 30

대장부 121

대청도(大靑島) 127

대추 56,81

도(道) 55,83,120

도가(道家) 129

도랑물 39

도연명(陶淵明) 76,77,89

도학(道學) 120

독서 32,166,175

독서광(讀書狂) 174

동선령(洞仙嶺) 61

동지(同志) 179

돛배 107

두건 54,89

두루마리 163

두보(杜甫) 117,170

등래(登萊) 126

등주(登州) 126

등촉(燈燭) 96

땔감 143,144

뜨락 27,31

뜰 129

| ㅁ |

마을 82

마포(麻浦) 56

막내둥이 140

말갈기 126

말똥 188

말똥구리 188

「『말똥구슬』서문」 188

망령 98,121,195,198

망자(亡者) 139

매 187

매미 24,30,51,120

매화(梅花) 76

매화시(梅花詩) 104

『맹자』(孟子) 156

먹 97

명리(名利) 86

명예 94,99,122,124

명정(銘旌) 138,139,154

모래 125,126

모래산 125,126,128

목동도(牧洞島) 127

못물 63,68

무심(無心) 189

『무예도보통지』(武藝圖譜通志) 103

무지개 81

묵적(墨蹟) 153

묵정동(墨井洞) 103

문생(門生) 176
문예미 113
물오리 185
물총새 49

| ㅂ |

바느질 96
바느질품 147
바다 126~128
바둑 117
바보 117, 118, 172, 179
박상홍(朴相洪) 55
박제가(朴齊家) 43, 47, 64, 103, 105,
  106, 113
박지원(朴趾源) 49, 51, 188
박평(朴坪) 103
반고(班固) 170
반딧불 98
밤 44, 47, 56
밤기운 68
밤나무 41, 43
밤비 46
밤하늘 54
밭 87, 122
밭두둑 125
백동수(白東脩) 103, 104, 133~135
백이(伯夷) 28, 29
버드나무 75

버들 39, 67
버들개지 49
번뇌 178, 180
벌 200
벌레 28, 29, 97
벌레 소리 45, 83
범저(范雎) 138
「범저전」(范雎傳) 138
법고창신(法古創新) 114
벗 26, 33, 42~45, 69, 105, 106, 112,
  113, 134, 139, 152, 154, 155, 163,
  164
베틀 소리 69
벼 75
벼루 167
벼슬 36, 86, 95, 105, 122, 154
별빛 45
볏잎 85
볏짚 85
병 23, 26, 27, 30, 32, 74, 87, 138, 143,
  144, 149, 175
병아리 47
병치레 94
복사꽃 49, 185
복사나무 67, 129, 130
복어 껍질 67
봄날 67
봄물 40

봄비 196

봄 산 46

봉우리 186

봉황 95

부귀 156

부끄러움 96, 98, 100

부스럼 87

부음(訃音) 136

부의(賻儀) 146

부채 그림 50

부황 143

북소리 87

불타산(佛陀山) 127, 128

붓 97, 167

붕어 62, 185

비녀 96

비늘 196

비방 22, 97, 99, 100, 134

비췻빛 23

비평(批評) 97, 108, 114, 192

빈궁 172

뽕나무 163

뽕잎 126, 200

| ㅅ |

『사기』(史記) 138

사랑 노래 96

사립 166

사립문 39, 44, 75

사봉(沙峯) 125, 126, 128

산 글 102

산동성(山東省) 126

산림(山林) 120, 124

산봉우리 82

산사(山寺) 68

산야채 44

살구나무 67

삼강(三綱) 141

삼청동(三淸洞) 64

삽짝 41, 71

상(喪) 103, 104, 138, 142

새벽달 73

새벽 비 40

새벽이슬 41

생계(生計) 117

『서경』(書經) 102

서리 59, 153

서리꽃 54

서모(庶母) 144

서사화(徐士華) 136, 137, 139

서상수(徐常修) 43, 51, 64

서얼 22, 29, 43, 103

서이수(徐理修) 142

서한(西漢) 170

서해(西海) 125, 126, 128

「서해 여행기」 128

석양 84

석양빛 65

선귤(蟬橘) 24, 120

선비 27, 30, 31, 54, 55, 105, 113, 133, 154, 157, 161, 177

선서(蘚書) 114

선약(仙藥) 109

선영(先塋) 146

설(說) 134

섬돌 54, 176

성균관(成均館) 95

성령(性靈) 104

소 65, 85, 196

소낙비 39

소완(素玩) → 이서구(李書九)

소완정(素玩亭) 51

소청도(小靑島) 127

손 39

손님 40, 98

솔바람 192

쇠창 177

수(繡) 163

수의(壽衣) 146

수정봉 48

순무 47

술 24, 25, 29, 32, 36, 43, 45

슬픔 148, 151, 155, 175, 199

『시경』(詩經) 102

시골 47, 85

시내 66, 73, 74

시냇가 40, 41, 72

시도(詩道) 106

시세(時勢) 133

시심(詩心) 86

시장 122, 123, 200

시흥(詩興) 45

식초 101

신천옹(信天翁) 34

쑥죽 141

| ㅇ |

아내 25, 26, 144

아우 54, 55

아이 93~97, 99~101, 111

『아이 혹은 처녀가 쓴 글』(嬰處稿) 94, 97, 101

아이러니 176

아증(阿曾) 147, 149

『악기』(樂記) 102

악어 126, 127

안개 97, 107

안양천 53

알곡 180

애도 136, 140

애통 142, 147

앵두꽃 61

야뇌(野餒) → 백동수(白東脩)

어리석음 24

어린아이 93, 200

「어린아이 혹은 처녀처럼」 111

어부 103, 189

얼음 177

얼음물 198

여뀌 뿌리 62

여울 70

여의주(如意珠) 188

여좌백(呂佐伯) 136, 138

『역경』(易經) 102

연꽃 75

연암(燕巖) → 박지원(朴趾源)

연암 그룹 51, 103

연잎 27, 56

연지 140

열전(列傳) 138

염(斂) 146

영결(永訣) 145

영기(靈機) 54, 55

영숙(永叔) → 백동수(白東脩)

영재(泠齋) → 유득공(柳得恭)

영처(嬰處) → 이덕무(李德懋)

『예기』(禮記) 102

오동 68

오륜(五倫) 141

오리 63, 187

오솔길 85

오죽(烏竹) 84

오활 124, 168

옴 87

완산(完山) 120

왕장(王章) 170

외물(外物) 189

요순(堯舜) 시대 185

요행 156

욕심 105

용(龍) 126, 127, 188

우렛소리 189

우문(又門) 52, 53

우부(愚夫) → 유언호(兪彦鎬)

우의(友誼) 106

우정 113

운경(雲卿) 138

울음 199

원숭이 100

원유진(元有鎭) 142

원추리 164

월내도(月乃島) 127

유곤(柳璭) 64

유금(柳琴) 64

유득공(柳得恭) 43, 64, 114, 156

유언호(兪彦鎬) 48

6경(六經) 102

육조 시대(六朝時代) 77

은 글씨 26

은둔 124

은자(隱者) 56

은하수 59

읍청정(挹淸亭) 64

이광석(李光錫) 47

이덕무(李德懋) 21, 34, 51, 104, 111, 120, 128, 176

이랑 75

이무기 127

이문원(摛文院) 36

이서구(李書九) 51, 114, 156

이슬비 71

이옥(耳玉) → 정수(鄭琇)

이욕(利慾) 120

이익 122, 124

이정구(李鼎九) 114

인위(人爲) 96

인정(人情) 167

잉어 100

| ㅈ |

자연 86, 186, 190

자전(自傳) 118

자호(自號) 24, 111, 120

자화상(自畵像) 118

잔병치레 23

잠(箴) 112

잠언(箴言) 121

잠자리 63

장례 146

장부(丈夫) 101, 173, 174

장산(長山) 127, 128

장옷 96

장흥동(長興洞) 74

재선(在先) → 박제가(朴齊家)

재주 109, 111, 113

쟁기 196

쟁기질 196

저동(苧洞) 103

저울눈 122

전국 시대(戰國時代) 138

전기(傳記) 118

전나무 70

전원 77

전쟁 194

전주 120

절구 176

정수(鄭琇) 107~110

정조(正祖) 36

정화수 68

제기(祭器) 95

제문(祭文) 140, 152, 154

제물(祭物) 139, 140

조각달 54

조니진(助泥鎭) 127, 128

조롱 21

조문(弔問) 52, 139

조화 200

족하(足下) 114, 156

좀벌레 32

좌구명(左丘明) 156

좌씨전(左氏傳) 156

주렴 73

『주역』(周易) 192

죽 144

죽순(竹筍) 199

죽은 글 102

죽음 139, 140, 150

즐거움 94, 124, 162

지기(知己) 113, 163

지인(至人) 129

지조(志操) 112

진사도(陳師道) 170

진실 98, 101, 112, 113, 134, 199

진심 112, 113

진정(眞情) 95, 100, 101, 199

| ㅊ |

참 199

참됨 22

참선 189

채문희(蔡文姬) 96

채소밭 47

책 26, 30~32, 83, 87, 93, 94, 117,
118, 156, 164, 167, 173, 178, 179

처남 103

처녀 93~97, 99~101, 111

척독(尺牘) 114

청빈(淸貧) 170, 172

청언(淸言) 161

청음루(靑飮樓) 84

청장(靑莊) → 이덕무(李德懋)

청장관(靑莊館) 107

청장서옥(靑莊書屋) 107

초가집 42, 85

초어정(樵漁亭) 103

『초정시집』(楚亭詩集) 106

촌스러움 134

추수 81

축(軸) 163

축문(祝文) 140

『춘추』(春秋) 102, 156

춘추 시대(春秋時代) 156

치천(穉川) → 박상홍(朴相洪)

친구 42, 94, 97, 161~164, 176

칠월 칠석 64

| ㅋ |

칼 24

콩 21

콩깍지 85

| ㅌ |

탁문군(卓文君) 96

탈속(脫俗) 192

퉁소 44, 51, 84

티끌 127

| ㅍ |

파 잎 95

파도 127

파초(芭蕉) 23, 152

팥 21

편지 113, 114, 157

평(評) 106

평화 193, 194

포말(泡沫) 152

포부 21, 29

폭포물 39

품격 108

풍도(風道) 105, 112

풍랑 127

풍자 99

필첩(筆帖) 138, 139

| ㅎ |

하목정(霞鶩亭) 56

학 59

「한가함에 대하여」 130

한사(寒士) 170

한서유인(寒棲幽人) 134, 135

『한서』(漢書) 170

합일(合一) 66

항아리 60

해오라기 185

향(香) 125

향로(香爐) 40, 76

향연(香煙) 192

형암(炯菴) → 이덕무(李德懋)

형재(炯齋) 166

형제 97, 142, 149, 150, 166

호랑이 95

혼령(魂靈) 139

홍우열(洪禹烈) 56

화로 192

황매(黃梅) 52, 53

회오리바람 127

회화나무 164, 192

효효재(嘐嘐齋) → 김용겸(金用謙)

훈도방(薰陶坊) 103

휘파람 72, 97

흉년 141
흄 196
흠 25
흥망성쇠 105
흥취 109